L'AMOUREUSE

www.leoscheer.fr

ANNABELLE MOULOUDJI

L'AMOUREUSE

roman

Éditions Léo Scheer

À mon père

J'tombe amoureuse sitôt qu'on me touche
C'est de l'encre pour mes cartouches
Mais t'inquiète pas t'inquiète pas
J'ai le cœur qui bat ça s'arrête là
J'tombe amoureuse tous les trois jours
Je crois que j'ai des facultés pour
Y doit y avoir par là-dedans
Des récepteurs assez puissants
J'tombe amoureuse tous les mardis
Et malheureuse le mercredi
Qu'est-ce que je deviens
Qu'est-ce que je deviens, moi
Si j'ai plus de chagrins demain
Amoureuse
Amoureuse
J'tombe amoureuse
J'tombe amoureuse
J'tombe amoureuse
Amoureuse
Amoureuse
J'tombe amoureuse

Clio, « Amoureuse »,
Déjà Venise, 2019

J'ai gardé mes chaussures, des sandales à talon haut et brides croisées en satin bleu nuit ouvertes au talon, fermées par une petite boucle dorée à ardillon – un grand nœud sur un plissé en tulle orne les orteils.

J'ai gardé mes chaussures et cela m'a plu. Allongée sur le lit, les sandales relevées jusque sous les genoux pour qu'il me possède comme ça, qu'il prenne ma bouche et sépare l'ivraie du bon grain de ma peau.

J'ai remonté un peu plus haut les cuisses pour être à sa portée ; percevant le scintillement d'un septième ciel dans un battement de cils, je suis devenue sienne.

Je n'ai pas eu peur de le fixer droit dans les yeux. Je n'ai pas eu peur non plus qu'il pénètre mon regard et parcoure mon âme à la recherche d'un impossible. Ses yeux bleu laser décuplaient mon désir. Je lui ai offert mon corps pour qu'il le détaille, je me sentais désirable, féminine, femme. À 43 ans, je ne m'étais jamais sentie aussi bien dans les bras d'un homme, parce que je ne m'étais jamais sentie aussi bien dans ma peau. Moi qui n'avais jamais trouvé aucune harmonie aux contours de mon corps, je sentais les courbes de mes hanches prendre vie et souligner la beauté abondante du monde.

Nous avons fait l'amour, longtemps. Ivre de tout ce qu'il me donnait, je lui maintenais les fesses, m'agrippais à sa part d'ombre. Cette part inconnue rejaillissait sur moi comme la lave brûlante d'un plaisir indéfinissable. Ce qu'il cachait provoquait une attraction incontrôlable, impudique, mystérieuse, un envol. Abandonnée à sa virilité, je me laissais aimer sans culpabiliser. Il plongeait en moi, respirait le bouquet de mes envies. Comment ne pas lui révéler que dès ce premier regard, une source chaude, secrète, intarissable n'avait cessé de s'écouler de mon sexe.

Puis je lui ai livré mes secrets, car je le voulais maître du jeu. Son cerveau a réagi très vite, il s'est levé, m'a attaché les poignets avec sa ceinture. Être une femme-objet, maintenue, serrée comme une proie m'excitait. Il n'a pas souri, m'a bandé les yeux, avant de se coller une nouvelle fois à mon corps pour me faire rugir de plaisir.

Lui, prendrait son temps.

« Maman ! Baba ! »

Fiévreux, Adrien débarque dans notre chambre, implorant de le laisser se coucher entre nous deux. Je lui donne une cuillérée au goût de fraise de Doliprane en sirop et le serre contre moi.

« C'est quoi, ce bruit ? dit-il.

— Je n'entends rien, dit David.

— Si… papa… le bruit du noir ! Papa ? Pour aller dans l'espace, il faut casser le ciel ? »

David baragouine une réponse inintelligible. Adrien, bien calé entre nous, finit par se rendormir. Le silence résonne enfin comme l'espoir d'un peu de quiétude. Bercée par les ronflements de mes hommes, je tente de dégommer l'éléphant en peluche qui me taquine les narines depuis deux heures. L'accès aux boules Quiès nichées dans le tiroir de la table de nuit est vain, je risquerais de perturber leur sommeil. J'essaie de me rendormir sans, mais impossible, Adrien ronfle et ses pieds glacés me chatouillent les tibias.

Alors j'attends… sans bouger… les yeux grands ouverts, devinant le lever du jour malgré l'épaisseur des rideaux.

Le réveil a sonné. Assise sur le rebord du lit, les yeux ensablés, je me lève rapidement pour oublier l'image détériorée de moi-même laissée au miroir de l'armoire face à moi. Je file dans la cuisine sans prendre le temps d'aller aux toilettes car Louis, dans sa chambre, s'est réveillé en hurlant pour un biberon. J'ouvre la porte du Frigidaire, attrape la bouteille de lait de croissance que je verse en un temps record dans une casserole. Quelques minutes plus tard, les plus interminables de ma journée, j'installe Louis dans mes bras qui, les petits poings serrés, s'accroche à sa tétine, comme naguère à mon sein, comme s'il n'avait rien mangé depuis cent ans. Je profite de cet instant les yeux dans les yeux pour me pâmer devant ce petit être qui, il y a peu, barbotait encore dans mon ventre. Je savoure chaque seconde, chaque lampée, observant le mouvement de cette petite bouche charnue tandis qu'il ingurgite le liquide chaud. J'essaie de graver ce moment dans ma mémoire, espérant m'en souvenir dans vingt ou trente ans. Je ferais volontiers la danse du Soleil pour remercier la vie de m'avoir donné deux beaux garçons, mais, en manque d'exercice, le dos en compote, je n'ai plus la souplesse requise.

Louis, rassasié, gazouille gentiment. Je n'ai pas eu le temps de beurrer les tartines. David, les cheveux en bataille, s'en est chargé avant de boire son jus de fruit multivitaminé.

J'arrive enfin à accéder aux toilettes, dont le verrou ne fonctionne plus. Adrien me poursuit et veut entrer avec moi. Il est têtu. Je tiens bon en bloquant le bas de la porte avec le pied. Mon fils pleure. J'urine de travers, m'empare du rouleau de papier qui s'échappe de mes mains pour aller se nicher derrière la cuvette. Je me cabre pour le récupérer de la main droite, sans remarquer qu'en fait il a roulé à gauche. Mon fils hurle ! Je remonte ma culotte sans avoir pris le temps de m'essuyer, je pousse la porte et demande à Adrien pourquoi il pleure… Le petit déjeuner terminé, une odeur suspecte s'est mêlée à celle du pain grillé.

« Non ! Pas changé cou' ! »

David, le regard pétillant, emmène – enfin, traîne – Adrien dans sa chambre.

La radio annonce le possible divorce du président de la République, et la grève des cheminots le 18. Je débarrasse les tasses du petit déjeuner, soulève l'assiette sur laquelle gisent encore quelques miettes de pain. Le couteau glisse par terre, rebondit, avant de répandre le gras du beurre sur la laine du tapis.

Dans l'agitation matinale, j'ai complètement négligé mon vieux chat diabétique. Je m'empresse de sortir son flacon d'insuline. Comme chaque matin, je le secoue avant injection, sauf qu'aujourd'hui, la fiole me glisse entre les doigts et se fracasse au sol. J'essuie le carrelage, ramasse les petits morceaux de verre qui collent au-delà de toute espérance. Je dois piquer le chat à heure fixe, mais là, c'est foutu ! Il attendra, le pauvre.

Louis s'est rendormi dans son transat. Adrien, toujours avec David, ne souhaite pas s'habiller aujourd'hui, pas plus qu'hier, avant-hier et demain probablement. Son père l'exhorte à laisser sa colère dans sa chambre. Cinq minutes plus tard, Adrien ressort, il veut bien s'habiller mais souhaite rester pieds nus. Il déboule dans le salon, s'arrête devant son frère en criant *Argh*, lui plaque la main sur la figure tout en continuant à hurler.

Louis ouvre les yeux.

« Il est véreillé Louis !

— Non, Adrien : *réveillé* ! Et c'est toi qui viens de le réveiller ! »

Louis pleure. Furieuse contre mon aîné, je rêve de rester en tête-à-tête avec mon petit bébé tout mignon – qui sera tout aussi difficile que son grand frère au même âge.

Le temps file, les garçons grandissent si vite. Les vacances de Pâques approchent. Sur les conseils de mon amie Jeanne, je réserve, en Charente-Maritime, un séjour d'une semaine avec Adrien et Louis.

Le voyage en train est long et éprouvant. Les garçons se chamaillent beaucoup. Habituellement, David fait partie du voyage mais cette fois, son emploi du temps l'en a empêché. Je pars seule.

Je fais démarrer le lecteur DVD et leur projette un film d'animation, *L'Âge de glace*. Dans le carré Famille, de l'autre côté du couloir, une femme tient son nourrisson dans les bras et tente le plus possible de le protéger de l'agitation sonore provoquée par mes garçons. Elle les dévisage. Je ressens ses craintes, et me souviens de ce premier voyage en train avec Adrien âgé de six mois, obsédée que j'étais par tout ce qui pouvait être dangereux pour lui. Je désespérais d'être capable de lui fabriquer une bulle hermétique aux miasmes, paroles assourdissantes et autres bruits ambiants. Je compatis à l'inquiétude de cette mère et lui adresse un sourire bienveillant.

Le village des vacances se situe à une dizaine de kilomètres de la gare. Les deux garçons s'engouffrent dans le taxi qui longe la côte sauvage avant de parvenir sur notre lieu de villégiature. La pluie nous escorte jusqu'aux bungalows disséminés dans la pinède. Je défais les valises rapidement pendant que les garçons découvrent quantité de coquillages enfouis dans le sable.

Ils enfilent des K-way, puis nous nous dirigeons vers la plage. J'ignore pourquoi, chaque fois que je débarque quelque part, j'ai immédiatement envie de repartir. Mais l'humeur joyeuse des garçons m'apaise.

Le lendemain matin, nous louons des vélos, empruntons le chemin en bordure de l'océan réservé aux cyclistes et aux piétons. Les garçons pédalent jusqu'à la digue. De retour de balade, je les dépose au Club Mickey. Bien sûr, ils ne souhaitent pas y rester. Je leur promets de revenir les chercher très peu de temps après.

Je m'assois près du bar afin de décompresser un peu. Un homme au visage familier me fixe. Je devine qu'il va s'avancer vers moi, je détourne le regard, fouillant ma mémoire à la recherche de souvenirs, mais rien ne me revient.

Quelques minutes plus tard, nous voilà assis autour de la piscine dans de gros fauteuils en résine tressée. L'homme me remet en mémoire cette ville catalane où nous nous étions rencontrés, il y a vingt-cinq ans. Dans un pincement discret, mon estomac se crispe avant de se détendre. Nos regards se brûlent. La cinquantaine épanouie, il ne ressemble plus au jeune homme arrogant que j'avais connu. Il est bien plus séduisant

– un magnétisme félin. L'émotion des retrouvailles neutralise ma parole et me projette dans le silence d'une délivrance. La couleur de mes joues se ravive. Je me souviens de son prénom, Marc.

Jour après jour, l'attirance grandit. Sur la plage, nous marchons côte à côte, laissant les traces de nos pas filer sur le sable. Je n'ai plus peur de me montrer telle que je suis. Dans mes veines coulent des émotions nouvelles.

Le premier baiser me semble durer une vie. Les lèvres de Marc, son torse contre le mien, ses bras, sa chaleur répandue autour de moi me figent dans l'instant présent. C'est si bon de défaillir pour un homme…

Nous nous retrouvons après le dîner et empruntons à nouveau le chemin qui longe l'océan. La lune dévoile son croissant au milieu des étoiles emmêlées de la voûte céleste. Une clôture grillagée nous contraint dans notre envie d'avancer davantage. Face à la mer, j'accroche mes doigts au grillage, laissant le soin à Marc de me maintenir contre les fils métalliques, et de se blottir contre mes reins. Des vagues de plaisir m'envahissent. Caressée par la brise, je me sens libre d'aimer, et d'être désirée.

De retour à Paris, Marc m'écrit :

Bonjour ma belle,

J'ai envie de t'exprimer la multitude d'impressions, de sentiments confus, d'interrogations avec des mots simples.

Tu m'as surpris, déstabilisé dans mes certitudes, mes convictions.

Il y a de longues années, je t'ai croisée un soir de nouvel an et, en un instant, j'avais oublié toutes celles et ceux qui nous entouraient, j'avais traversé un moment fort, beau et court dont j'ai encore certaines images en moi.

Nos chemins se sont séparés. Nous avons vécu des vies émotionnellement chargées, avec des passages difficiles, des pertes de direction, des moments de doute et de tristesse, de profond désarroi, des nuits sombres. Nous avons aussi eu des joies, des plaisirs, des vibrations, des croyances, des espoirs… C'est ce que l'on appelle vivre sa vie, enfin je crois.

Puis un jour de printemps, nos regards se croisent à nouveau. En un instant, je sais que tu sais et tu sais que je sais. Nous avons eu envie de rentrer dans cette bulle réservée à ceux qui deviennent intouchables, protégés par ce sentiment puissant de se sentir indestructible, vivant… ou tout simplement Humain.

Je n'ai pas su communiquer pendant ces quelques jours, te demander où, pourquoi, comment, avec qui, et pourquoi encore, quand, combien et pourquoi pas.

Je t'ai trouvée perdue, belle et fragile comme les fleurs de magnolias dans le vent du printemps, je t'ai trouvée femme, mûre avec des envies de croquer la vie, je t'ai trouvée maman aimante et attentionnée, je t'ai trouvée entourée et Terrienne mais aussi solitaire et prête à embarquer…

Je t'ai trouvée…

J'avais besoin de te dire que tu m'as touché, bousculé et que tu occupes mes rêves et mes pensées. Envie de ne pas te voir t'éloigner et de pouvoir te savoir heureuse, amoureuse, comblée et libre en femme naviguant sur les flots de sa vie ! Alors, en laissant le temps au temps, si je peux t'apporter un peu de bonheur, être près de toi sur ton chemin, je suis là… pas loin.

Doux baisers,

Marc

Marc m'écrit chaque jour. Sa prose romantique et sensuelle stimule mon imagination. Notre correspondance amoureuse, le prélude à nos préliminaires. Ses mots, comme des caresses, ponctuent l'attente. Ses déclarations, l'étincelle d'un feu sacré. Je suis envahie d'une énergie flamboyante, ni plus ni moins que le triomphe de la pulsion de vie. Je ne peux lutter contre cette force cosmique qui se dégage de nos étreintes. Pas un mouvement d'aiguille sans que je pense à lui.

Marc passe me retrouver à l'endroit habituel. J'aperçois de loin la mâchoire en acier de son 4×4. Il me faut marcher quelques mètres avant de monter dans son Hummer. À chaque rendez-vous, j'appréhende le moment où peut-être il ne me plaira plus. Et, dès que je l'aperçois, mon cœur bat comme dans la chanson de Piaf. Aussitôt la portière refermée, je croque ses lèvres.

Nous nous retrouvons chez lui, toujours, l'écrin de notre amour. Les murs recouverts d'un tissu pêche, la moquette assortie, enveloppent notre sensualité. Je dépose mes mules blanc cassé aux pieds du guéridon, et remarque une trace disgracieuse de transpiration séchée sur la semelle du soulier droit. Je le déplace discrètement pour que le regard de Marc ne se heurte pas à cette vision déplaisante. Je me glisse dans les draps pour m'offrir à mon plaisir. Il embrasse mon ventre, mes seins, saisit les tétons et les pince jusqu'à la brûlure. Une lave embrase tout mon être. La liqueur de mon sexe s'écoule sur mes cuisses, je frémis, le supplie de me prendre. Des mots crus, étrangers, aux saveurs lubriques, des joyaux roulent du fond de sa gorge et se bousculent jusqu'à mon oreille. D'autres mots émergent des profondeurs de mon esprit, aiguillonnent ainsi son désir. Il se couche enfin sur moi. Marc saisit mes fesses à pleines mains, les soulève, ses doigts effleurent mon pétale de rose, je suis prête à l'accueillir et bascule légèrement le bassin, l'invite à me prendre comme ça. Je ne peux retenir mon plaisir et libère une jouissance animale d'une violence extrême.

Puis nous restons enlacés l'un à l'autre, étendus dans la chaleur de nos corps. Je dépose ma tête au creux de son épaule et m'assoupis, béate, dans la plénitude de l'instant.

Pourquoi les gens me regardent-ils ? Qu'est-ce que j'ai ? Qu'est-ce qu'ils devinent chez moi ? Que je viens de faire l'amour ? C'est écrit sur mon front ? Folie ! Pourquoi ce type fixe-t-il mes fesses ? Et cet autre me sourit-il ? Je ne dois pas avoir l'air tout à fait normal. Sur un nuage, oui. Je continue de remonter la rue.

Des hommes m'observent d'un œil concupiscent, sentent-ils qu'un autre homme m'a possédée ? J'avance en amazone, heureuse, fière, ma sensualité exulte. Peut-on parler d'un sixième sens ? Mes phéromones attirent la gent masculine.

Je fredonne la chanson de Nicole Croisille – « Et moi / je suis enfin devenue / Femme » – tout en rejoignant l'entrée de la maternelle pour récupérer mes enfants.

Ce soir, Marc porte un costume sur une chemise amidonnée à col français souligné d'une cravate sept plis. Comment ignorer la puissance érotique du costume. Flanelle, lin, gris, marron, bleu nuit. Je dénoue sa cravate, retiens mon geste, détache les petits boutons nacrés de sa chemise à peine froissée malgré une journée harassante. Mes yeux se posent sur sa bouche comme une abeille au cœur de la fleur. Je sais que Marc m'observe, qu'il me dévore des yeux. Je caresse son torse, sa toison fournie, la peau soyeuse et douce de son bas-ventre. Au-dessous de sa ceinture, ma main s'aventure et plonge dans une chaleur exquise. De l'autre main, je défais les lacets de ses chaussures, me redresse pour lui offrir mes lèvres. C'est si bon de convoiter le corps d'un homme. Je fais glisser la ceinture du pantalon. À genoux, attentive au désir de Marc qui ne cesse de grandir, je poursuis mon chemin. Son joyau se révèle et m'envahit. Mon amant ne résiste pas davantage et, d'un spasme, s'abandonne à ma gourmandise.

Il sait… David sait depuis le début. Depuis ces quatre mois où il a observé sur mon visage cette irradiation amoureuse. Il a remarqué mes yeux soulignés de noir, ce trait de crayon méticuleusement tracé sur la paupière, ce khôl cachant la fragilité d'une femme éprise ne laissant rien déborder d'autre que l'assurance de la féminité. Un simple trait dont découlerait notre avenir. David a deviné qu'un autre homme se penchait sur mes lèvres pour les baiser. Mes lèvres que je mordille lorsque mon corps renonce à ses pudeurs.

Le regard de David se perd dans les jardins du Luxembourg. Dans l'aire de jeu dédiée aux enfants, j'ai l'impression que le banc sur lequel nous sommes assis va s'effondrer. Le brouhaha, les cris des enfants autour de nous, une toile de fond sonore qui résonne à contretemps entre mes tempes. Étourdie face à ces révélations, je sens mon cœur s'emballer mais ma parole se débine. La chaleur étouffante, ma gorge sèche comme le sable sous mes pieds m'empêchent de prononcer un son. Le silence palpite au fond de moi, pareil à une horloge comtoise sans balancier.

David savait mais n'a rien dit, n'a rien fait non

plus pour empêcher le désastre. David croyait à une aventure. Il n'a pas eu peur et a continué de m'aimer. Pendant que j'écornais les pages de notre histoire en aimant un autre homme. Je n'avais pas prévu d'aimer un autre homme et découvre la solitude du secret. Je décide de rester discrète, nie tout pour ne pas le noyer dans un inconcevable bain de souffrance.

Après s'être emparés de mes joues pour y coller leurs baisers, Adrien et Louis me demandent de les regarder par la fenêtre. J'attends qu'ils soient dans l'ascenseur avec David pour leur souhaiter une bonne journée. C'est notre rituel matinal. Je referme la porte d'entrée, me dirige vers le salon. Appuyée contre la crémone quelques instants, je laisse mes yeux se perdre dans le jardinet de l'immeuble d'en face où un gros matou blanc fait, lui, sa ronde matinale en reniflant le gazon. J'effectue un petit récapitulatif du jour, tout en observant la démarche désinvolte du chat. Louis a bien ses affaires de judo dans le cartable, je n'ai pas oublié les goûters, j'ai glissé dans une enveloppe les deux tickets de métro nécessaires à la sortie d'Adrien. Je regarde mes enfants courir dans la rue, devançant leur père qui, lui, marche d'un pas vif, un cartable brinquebalant dans chaque main.

Quand ils disparaissent à l'angle de la rue, je referme la fenêtre en me disant que ce sont peut-être les derniers matins à quatre.

J'aime un homme qui n'est pas le père de mes enfants.

Marc m'attend gare de Lyon. Sur la place de l'Horloge, la chaleur caniculaire de juillet se pare d'un voile azur qui s'étale à l'infini comme dans une peinture de Magritte. Je l'aperçois sur le parvis de la gare. Il m'attend, le bas de son visage enfoui délicatement dans un foulard en voile de coton blanc. Cette vision me plaît, comme tous les moments qui précèdent nos retrouvailles, ces quelques secondes durant lesquelles les palpitations de mon cœur s'accélèrent avant de ralentir au contact de sa peau.

Je suis arrivée jusqu'à lui comme débarquée sur une terre inconnue, après un long voyage, un lieu que je découvre avec le sentiment d'y avoir déjà fait escale. Cette sensation de déjà-vu abrite l'état d'urgence qui guide mes pas vers Marc. Mais on ne rattrape pas le temps perdu. Enveloppée dans ses bras, heureuse, impatiente de presser ma bouche contre la sienne, comme fixée au bonheur. Seuls dans notre pays, notre domaine privé, exploré pas à pas, jour après jour, dans le silence de nos attentes, notre ruée vers l'or.

Ce quotidien demeure, malgré ses frustrations, ses doutes et ses interrogations, celui qui me plaît. Cet espace-temps, celui qui recueille nos étreintes avec cette liberté de s'aimer sans y être obligé.

J'ai quitté mes enfants et David pour une parenthèse estivale, quelques jours au cœur de l'été. J'ai organisé mon départ, planifié, anticipé, engagé une baby-sitter pour les fins de journée. J'ai rempli le Frigidaire, fait un plein de surgelés pour David et invoqué une invitation au Festival d'Avignon.

... Aujourd'hui, j'ai marché sur ce quai... comme d'habitude, j'ai foulé ce sol souillé... Aujourd'hui, j'ai coupé cette foule sans même la voir...

Aujourd'hui, j'ai retenu mes poumons pour ne pas sentir cet air pollué... Aujourd'hui, je vais partir dans ce train rapide... Mais aujourd'hui, elle est là avec ses doutes... Son regard profond... Ses envies... Ses espoirs... Aujourd'hui est différent...

Mon amour m'a rattrapé... Pour voyager à mes côtés...

Nous arrivons en fin de journée au pied du mont Ventoux. Après quelques hésitations, nous nous approchons de la propriété dans laquelle nous dormirons enfin ensemble, existant l'un pour l'autre dans le refuge du temps qui nous est imparti.

La voiture garée au parking, un homme à la tête couverte d'un chapeau de paille à large bord nous accueille. Cultivateur de safran, il nous fait visiter les parcelles de terrain et les cordeaux traçant des lignes rigoureusement droites. Du jardin, Marc observe la bâtisse principale coiffée de deux rangées de génoises à tuiles canal. Puis l'hôte nous mène jusqu'à notre suite. Une fois installés dans la chambre, les valises défaites, je retrousse ma robe, comme la mer sa peau d'écume à la lueur d'une étoile en cavale. De petits grains épars sur le drap, particules de mon désir, se disséminent comme du sable dans la nuit. Marc me fait rouler sur le ventre avant de me chevaucher. Sortie de l'immensité de l'océan, j'ai abandonné mon coquillage, à l'image de la Vénus de Botticelli.

Marc m'octroie la liberté de me caresser pendant qu'il s'engouffre en moi. Je m'étale sous son joug, soulève le bassin et saisis ma vulve, me délectant du miel sur mes doigts.

… Sous ce platane… Je t'aime…

Sur cette place rythmée du chant des cigales et du grouillement de la fontaine…

Je t'aime… Entouré de ces murs de pierre, de cette histoire de vie…

Je t'aime…

Merci d'être là, vivante, présente, femme, ma compagne de voyage, de vie, de joies et d'envies. Sur cette place ombragée…

Je t'aime…

Ton guerrier apaisé…

« Tu sors tous les *zours*, maman ! » dit Louis avec cet adorable petit zozotement. Accroupie, mes enfants dans les bras, je leur fais la promesse de venir les embrasser à mon retour quand ils dormiront. David se doute bien que je ne passe pas la soirée avec Alice. Il me dévisage, dans ma jupe crayon et mon chemisier ajusté laissant entrevoir la naissance de mes seins, puis il referme la porte bruyamment.

Ma peau de maman glisse sur le palier comme un manteau de satin invisible. Je grimpe dans l'ascenseur. J'ai mis des bottes et des bas dans mes bottes. Je fais glisser ma culotte le long de mes chevilles enserrées par le cuir, la plie en quatre avant de la ranger dans la poche intérieure de mon sac à main. Marc rentre de voyage et me récupère en taxi. Installée à ses côtés, je lui prends la main, la pose sur ma cuisse, lui montre le chemin. Il se faufile sous ma jupe et ses doigts abordent mon entrejambe. Il aime me deviner sous ma jupe, caresser mon sexe, le fouiller, il en raffole. Offerte, je me penche vers lui pour l'embrasser et lui glisse dans le creux de l'oreille : « Je suis à toi… Je t'appartiens… »

Son haleine fraîche et mentholée, son regard de conquérant m'affolent. La situation m'électrise, tous les pores de ma peau s'épanouissent sous la tension brûlante de mon désir qui inonde sa main.

Je n'avais jamais imaginé éprouver tant de désir pour un homme, et encore moins oser le lui exprimer. Sans doute la maturité y est-elle pour quelque chose. J'étais convaincue que la libido diminuait au fil du temps : la mienne se réveille sur un volcan inactif depuis des lunes.

Mon amour pour Marc est une joie, un immense bonheur qui me comble. Mais pourquoi toutes ces hésitations à le retrouver ? Comment vivre heureuse dans la culpabilité d'une vie de famille détruite ? Briser mon cocon familial, décevoir mes enfants, les délaisser, assombrir leur quotidien ? Que pourrai-je leur raconter, dans dix ou vingt ans ? Que j'ai quitté leur père pour un homme que j'aimais sans avoir la certitude que cette histoire puisse durer ?

Je n'ai plus l'âge de croire à un prince charmant sur son destrier. Pourtant, je dois croire à cette histoire. N'ai-je donc aucune confiance en mes choix, mes convictions ? Pourquoi ai-je autant de difficultés à croire en moi ? Mon homme, mon double, mon chéri, ma passion, mon amant, mon amour. J'avais besoin d'être amoureuse, et je l'ai rencontré. Que faire d'un amour comme celui-là ? Je l'ai trouvé et ne veux pas le perdre. J'aime ce voyage. Comment survivre à sa fin, au cataclysme… Combien de temps durera le deuil ?

La douleur est intense, pourtant, j'ai décidé de sacrifier une partie de moi-même pour voir grandir mes garçons aux côtés de leur père. Je fais le choix de vieillir dans une sécurité familière et accepte la béance de ce vide intérieur. Comme l'héroïne du film *Sur la route de Madison* – mais je ne suis l'héroïne de personne. Personne ne racontera ma vie, ne la couchera sur du papier, ce que je vis est si banal.

La plupart des amours sont tues, souterraines, inavouées, entachées de mensonges et de faux-semblants. L'amour, et après ? Que fait-on de cet amour, de ce bonheur espéré depuis toujours, de ces palpitations qui rendent le cœur fébrile mais soulagé de se sentir vivant ? Que fait-on de ce langage de l'amour, cette vision commune, ces mots que l'on porte à la bouche et que l'on offre à l'autre ?

J'écris :

Mon cher amour,

Notre amour est une joie, un bonheur infini qui me comble depuis deux ans. Mais aujourd'hui, je me demande pourquoi ces hésitations à venir te retrouver. Comment être heureuse avec toi tout en me sentant coupable de mes actes, briser mon cocon familial, décevoir mes enfants ?

Le temps passe et je prends conscience de cette douloureuse évidence, je suis incapable, je n'ai pas la force ni le talent d'élever mes garçons seule, une semaine sur deux.

Nous ne sommes pas faits pour être ensemble, ne gâchons rien, et gardons les moments merveilleux en mémoire et dans nos cœurs. Et puis, je crains que tu aies perdu l'habitude d'être deux… De penser à l'autre… Je crains de souffrir un jour de ton égoïsme… De l'enfant capricieux qui vit encore en toi. Nous devons cesser de nous voir. Ne m'en veux pas de t'écrire, mais te voir pour te dire tout cela m'est impossible.

Je sais ta colère… ta peine…

S'il te plaît, ne me donne pas de nouvelles.

Sache que je t'aime et t'aimerai toujours, mais je n'ai pas d'autre solution.

Perdu sans toi

Où es-tu, mon bel amour ?

Ces jours loin de toi sont comme une planète sans océan… un corps sans âme…

Ces dernières heures sans toi et je suis face à un gouffre, conscient de la place que tu occupes dans mon cœur, et dans ma vie.

Mes réflexes sont faussés, celui de t'écrire chaque matin, de t'appeler dès que disponible, de guetter tes messages, le plaisir de te retrouver…

Je suis amoureux et cet amour me met à nu, me dépose sur la table des sacrifices, prêt à me faire arracher le cœur plutôt que de te perdre…

Que faire de demain sinon t'aimer et être aimé en retour ? Envie de toi à chaque instant de vie…

Nous devons combattre nos peurs de se parler, d'agir, du changement, de souffrir ou de faire souffrir. Ces peurs peuvent être traversées ensemble…

Je suis perdu sans toi dans le froid de ton silence… Ma main, mon cœur, ma volonté se tendent vers toi…

Je ne sais pas si un jour nous serons ensemble, mais je sais que nous ne serons plus jamais séparés.

Je t'aime

Marc

Cette odeur de vide autour de moi, cette douleur enkystée, ce manque... Après la lecture de son message, je sais au plus profond de mes entrailles que je ne saurai vivre sans Marc.

J'accompagne Louis à son entraînement de judo. Tout en marchant, je m'évade en songeant aux retrouvailles avec Marc dans la pénombre de la chambre.

Sa langue chaude recouvre mon mamelon. Je suis nue, bien au-delà de cette nudité se révèle ma féminité à la saveur nuptiale. Désirer Marc est déjà une jouissance. Je me débats dans un délicieux supplice, une escale faite de sensations inédites. Du plaisir pur sans culpabilité ni tabou. Comme une enfant à qui l'on tend la main, Marc me sauve d'une agonie.

Ma bouche, réceptacle de sa puissance virile, est à lui. La sève de mon désir se libère telle une fleur qui s'entrouvre dans le vent de l'impatience. Une brûlure lente, suave, caresse mon entrejambe. Besoin qu'il me blesse, me pénètre intensément. La bouche de Marc est un précipice dans lequel je me jette avec voracité.

Des mots libertins m'appellent, je les reçois, les remâche et les retiens pour qu'ils m'envahissent.

Je suis sa chose. Mon corps s'est modifié, mes seins se sont arrondis, ils sont lourds dans l'armature de mon soutien-gorge et rebondissent sous la poigne vigoureuse de mon amant.

Plus jeune, je regardais ces femmes déambuler dans le brouhaha parisien du printemps, subjuguée par la peau hâlée de leur poitrine ronde et sensuelle d'où l'on distinguait le téton dessiné sous un tricot, ou au travers d'un chemisier en coton immaculé. Désormais, mes seins s'abandonnent au désir. Je n'avais jamais pris possession de ma poitrine, et sous-estimais la source de plaisir inépuisable qu'elle représente.

Je repense à ma jouissance, lorsque Louis s'adresse à moi :

« Maman ?

— Oui ?

— Est-ce que ça existe, des adultes qui sont amoureux, qui font un bébé et, après, qui sont plus amoureux ? »

Cette question me trouble et me soulage à la fois. Comme si Louis pressentait que son père et moi ne nous aimons plus.

« Oui, mon chéri, ça existe… »

Un nuage de tristesse vient assombrir le visage tendre de mon enfant. Sa peine m'envahit. Maintenant, Louis sait que l'amour entre deux adultes n'est pas inconditionnel.

Au petit matin. Le calme règne dans l'appartement. La tranquillité n'est qu'apparente. David sait que je n'ai jamais envie de parler au réveil et qu'avant deux tasses de thé, il est inutile de communiquer. Il pose néanmoins la question, ouvre le débat.

« Où en es-tu de ton histoire ? »

J'avais envisagé, cogité, ruminé une réponse pour l'épargner, ne pas entrevoir le désespoir dans ses yeux. Je réponds du tac au tac, sans réfléchir, et lui mens encore avec des mots qui cherchent à le réconforter mais qui me sont insupportables. Ces mots jaillissent comme une défense, pour me permettre de continuer à vivre mon amour en secret.

« Je n'ai pas d'histoire. »

David, sans réaction, passe à autre chose. Il se lève, j'entends bouillir l'eau du thé.

Je n'imagine pas bousculer l'équilibre familial, séparer les enfants de leur père. J'ai pourtant le sentiment d'avoir vécu comme une plante qui n'aurait pu grandir seule. David a été mon tuteur. Mais je ne supporte plus d'être maintenue.

Nous avons passé de nombreuses années à tenter d'avoir des enfants que, par bonheur, nous avons vus naître. Le devoir conjugal pour donner la vie, oui, pas pour le plaisir de s'aimer. L'acte dépourvu de caresses, de sensualité, d'érotisme, de jeu. Le corps en attente, toujours. David m'aime mais ne me désire plus, la sexualité est un luxe qu'il ne m'offre pas.

Pourtant, hier, pour fêter son anniversaire, nous avons déposé les enfants chez Jeanne pour la première fois depuis leur naissance. Notre première nuit, seuls comme avant. Comme ces moments dévolus à la construction d'un amour. Cette liberté retrouvée, nous n'avons pas su quoi en faire, elle nous a échappé, une fois de plus. Pourquoi avoir attendu le réveil pour m'interroger ? Nous avions prévu de fêter ses 45 ans au restaurant. Mais nous sommes finalement restés à la maison.

Je lui ai proposé d'ouvrir le Mission Haut-Brion 1996, ce flacon d'exception qui trônait depuis de nombreuses années sur l'une des étagères de la cuisine. Un ami le lui avait offert pour ses 40 ans. Il fallait trouver le bon moment, une « occasion ».

Faut-il toujours une occasion pour se faire plaisir ? Quel événement en vaut vraiment la peine ? Nous aurions pu l'ouvrir pour la naissance de notre deuxième enfant, il y a quatre ans, ou pour la sortie de mon premier livre, ou encore pour sa récente association professionnelle. Nous l'avons débouchée hier pour accompagner des *fusilli all'arrabbiata.* David s'est chargé de choisir la musique, Leonard Cohen.

Pourquoi ce soir-là et jamais un autre soir ? Les enfants, couchés, auraient laissé la place à la musique, à la lecture, à l'amour, aussi. Les corps mêlés dans la douceur d'un duvet, la chaleur des amoureux.

Le vin n'était pas au rendez-vous, nous avions trop attendu. Éventé, il était en fin de vie. Peut-être que notre couple aussi était en fin de vie.

J'ai dormi cette nuit dans l'attente hypothétique de recevoir un appel en pleine nuit de Jeanne nous demandant de venir chercher les garçons à la hâte. Il n'en a rien été. La nuit s'est déroulée sans problème.

« Arrête de me prendre pour un con… je sais que ta relation avec lui n'est pas terminée…

— Je n'ai rien à me reprocher ! dis-je, croyant mon secret cadenassé.

— J'ai lu tes mails ! »

Terrassée par cette révélation, je me tais. Comment n'y ai-je pas pensé ? Moi qui efface systématiquement toute ma correspondance avec Marc, je n'ai pas un instant imaginé que David irait jusqu'à accéder directement au serveur. Nous vivons depuis toujours dans une totale transparence. Il connaît mes codes d'accès, il a eu besoin d'une réponse à ses soupçons. David a lu les mots d'amour, ces mots échangés qui ne laissent aucun doute.

Je continue de lui mentir, pour nier sa souffrance prête à devenir la mienne.

Dès notre rencontre, David a apaisé mes angoisses, comme aurait pu le faire un père, mon père avant de disparaître de ma vie. David assumait parfaitement cette place de chef de famille. Il m'a tendu la main pour que je le suive sur une route dont la perspective me rassurait. Très protecteur, il m'a aidée à grandir. Mise sous cloche, préservée comme une fleur sacrée, je suis devenue la femme à cajoler. Son manque de souplesse, sa psychorigidité, j'en avais besoin. Cette vision manichéenne des choses de la vie. Sa confiance, aussi. Mais à force de souffler sur mes envies, comme on fait s'envoler le coton de la fleur de pissenlit, je vois mes paroles se poser sur lui, créer une rumeur qui ne l'atteint plus. Mes mots se cognent contre l'épaisseur de son bouclier. Portant le fardeau d'une famille anéantie par le divorce de ses parents, David s'est forgé une armure qui le détourne du plaisir. Rigide comme la cire sur ses cheveux, qui me décourage de passer ma main entre les mèches, et le délivre, lui, de la sensualité du geste. Il taille les poils de son torse. Cet atout viril suscitait mon désir, mais j'ai eu beau le lui répéter, il taille. À qui désire-t-il plaire ? Il a peu d'appétit charnel, j'ai toujours su cela mais m'en suis accommodée – au début.

C'est pourtant un plaisir merveilleux de veiller sur un homme, un accomplissement amoureux. David ne m'en donne pas le droit. Nous vivons dans le quotidien de tout le monde. Le rythme des enfants. Celui du travail, des obligations, des relations amicales à entretenir. Des soirées à deux devant la télévision. Cette routine rassure, mais elle finit par asphyxier.

J'ai voulu rentrer dans le moule, mais je n'y suis pas arrivée.

Connard, menteur, enfoiré, traître, égoïste, tricheur : autant de qualificatifs que j'aurais aimé lui jeter à la face. L'agonir d'injures serait bien plus simple, ces mots me forceraient à les accompagner d'une décision. Je me servirais de sa mauvaise foi, de son infantilisme, de tout ce qu'il n'est pas. David est irréprochable, prévenant, courtois, excessivement poli. Je suis submergée par sa délicatesse, sa douceur, sa gentillesse. Est-ce moins difficile de rompre avec un homme violent, qui vous rabaisse et vous humilie ?

La séparation est-elle inéluctable ? Difficile de quitter un homme qu'on n'a pas eu le temps de désaimer. Des larmes serpentent le long de mes joues, pourtant, j'ai tout pour être heureuse, une famille que j'ai construite avec un homme solide, responsable, les fondations idéales pour que les enfants grandissent dans un cadre affectif, un équilibre émotionnel heureux. Mais j'ai découvert un amour où les sentiments et le plaisir charnel se sont entremêlés. Je ne conçois pas l'avenir sans Marc mais je ne peux pas non plus me résoudre au sacrifice de mon foyer, ce noyau familial si précieux que j'ai choisi. Je ne me vois pas élever mes enfants sans leur père à mes côtés, je ne tiendrai pas le coup.

L'heure bleue, ce parfum de fin du jour qui fragilise l'humeur. Ce moment où l'obscurité s'immisce dans les foyers, dévoilant les lueurs fixes des lumières allumées. C'est l'heure du bain, des devoirs, des poésies à apprendre, des pages de lecture, des exercices de calcul.

Les garçons me sollicitent mille fois à la seconde. C'est aussi l'heure de préparer le dîner, faire bouillir l'eau des pâtes parce que je n'ai pas eu la tête à faire des courses.

L'heure des angoisses refoulées de la journée. L'heure douloureuse à l'haleine lunaire qui se mélange au souffle de la nuit. Des sanglots frappent à ma porte, des petits poings serrés se cognent à mon corps, subitement devenu bras de mer où les digues viennent de s'effondrer. Mon impuissance à gérer une situation qui perdure.

Face à l'épreuve d'un choix, dois-je attendre que le barrage saute de lui-même ou devrais-je laisser l'écluse s'ouvrir ? Je pense à David, à nos enfants, à ma vie de mère de famille, au temps qui défile, laissant des traces sur mon front, à celui qu'il me reste.

Pendant ce temps, les enfants absorbent leur programme favori à la télévision : « Les Simpson ».

Ma vie est comme celle de beaucoup d'autres femmes. Organiser l'emploi du temps des petits, planifier quelques dîners entre amis, organiser les prochaines vacances, les plateaux TV devant un bon film, une sexualité sans désir, fantasmée ou refoulée. Les enfants prennent tout et le reste.

Besoin de Marc, de son regard sur moi, sur la vie, besoin de son amour, de ses gestes, de ses caresses, de son humour, aussi. De cette confiance qui me revient. Marc me fait entrevoir la vie en grand et en couleur, me met en valeur, me donne des ailes. Mes frustrations s'estompent. Cet amour puissant me projette dans l'urgence de vivre. La conscience d'une vibration pure. Guérie de mon enfance, je profite pleinement du don de l'amour. J'affronte l'avenir, la vieillesse. Tout ce dont j'ai toujours rêvé, le partage, la complicité, l'importance du détail, le respect, la fusion, les petites attentions, la tendresse, le sexe sans tabou.

Chacun de ses baisers est un sursis, une souffrance qui disparaît, une blessure de moins, une douleur qui s'efface, une coulée de larmes noyée dans un jéroboam de champagne. L'hostie au goût de félicité. Je me rapproche de ma vérité.

Une existence sans passion est comme un cocktail sans alcool. Cet état narcotique me plaît, tout en me cisaillant les chairs.

Dans la salle de bains, je me tiens un peu à l'écart, je n'arrive plus à réprimer mes larmes, lorsqu'Adrien fait irruption dans mon jardin secret.

« Maman… j'ai entendu quelqu'un pleurer ! »

Je tâche de faire bonne figure, m'essuie les yeux rapidement. Adrien me regarde, muet, inquiet. Il est trop tard pour nier.

« Tu sais, mon amour… Toutes les mamans pleurent une fois par mois. Non pas parce qu'elles sont tristes ou malheureuses, c'est comme une grosse fatigue qui les envahit et les assomme, elles ont juste besoin de pleurer. Comme toi, lorsque tu es très fatigué, parfois, tu pleures… »

… Au croisement d'une route, un homme se tient debout sous une pluie torrentielle, le visage ruisselant, grave, trempé de la tête aux pieds, il attend de longues minutes, déphasé, avant de regagner son pick-up d'un pas lourd. Dans la Chevrolet rouge garée de l'autre côté de la route, une femme, bouleversée, aux côtés d'un mari qui ne se doute pas une seconde du cataclysme intérieur que vit son épouse.

Robert, interprété par Clint Eastwood, patiente dans son GMC. Meryl Streep, dans le rôle de Francesca, pose une main fébrile sur la poignée.

La pluie s'emploie à donner encore plus de dramaturgie à la scène. Robert l'attend toujours. Dans l'habitacle, elle tente de contenir ses larmes. L'époux monte le volume de la radio, couvrant le déluge émotionnel qui a envahi sa femme. Le feu rouge est interminable. Francesca voudrait suivre cet amour-là. Les gros plans de Meryl Streep anéantie font pressentir l'épilogue.

Sa loyauté envers son mari, ses enfants, la famille qu'elle a construite l'empêche de passer à l'acte. Lorsque le feu passe au vert, le pick-up ne démarre pas immédiatement, Francesca observe le clignotant gauche qui martèle en cadence les battements de son cœur. Le véhicule avance lentement, vire à gauche, puis s'éloigne sûrement, ce qui dissipe tout espoir de *happy ending*.

Les larmes me brouillent la vue, je referme l'écran de mon ordinateur avant le générique de fin.

La gorge serrée, l'estomac noué, je rejoins Marc au jardin Albert-Kahn.

Assis sur un banc, il regarde la pluie ruisseler sur les murs de pierre du jardin japonais. Même la terre détrempée s'écœure de devoir rendre autant d'eau. Je me rapproche de lui grelottante, mes chaussures mouillées sont pleines de boue.

La pluie a enfin cessé. Les cimes des arbres se réchauffent de la beauté triomphante du soleil qui diffracte sa lumière d'or.

Marc n'exige rien de moi. Aucun chantage, aucun doute, il m'aime et me le répète. Il comprend mes craintes. Il attendra que je sois prête.

Mais les enfants ? Comment faire avec les enfants ? Comment font les gens ? Je suis follement amoureuse, et je suis démolie.

Je n'ai jamais pris une décision de cette envergure. Devenir ce domino dans le labyrinthe de la vie, cette petite pièce qui tombe en cascade d'un côté ou de l'autre, en avant ou en arrière, qui redessinera les lignes de ma main, et les contours d'un paradis perdu.

L'annonce de notre séparation surprend, déçoit, attriste. David et moi avions l'apparence d'un couple uni pour la vie. « Harmonieux, solide, heureux, avec deux beaux enfants ». Nous n'avons pas le droit de décevoir ni de froisser l'image d'Épinal du couple parfait. Même la gardienne de l'immeuble est bouleversée, comme si le couple que nous formions représentait l'un des piliers de sa propre existence. L'apparence est un filtre protecteur que l'on doit soigner, bercer comme un nouveau-né, afin de le préserver le plus longtemps possible. Et lorsque ce filtre est éraflé, on est paumé, perdu.

Cette rupture suscite bien des tourments. Les confidences des unes, le trouble des autres. Peu à peu, je recueille les petits secrets de mes amies qui m'avouent avoir vécu une grande passion, une belle histoire d'amour extraconjugale et qu'à un moment, elles ont douté, hésité, voulu partir. Mais elles n'en ont pas eu la force à cause des enfants, et aussi de leur vie qu'elles ont mis longtemps à bâtir avec un mari, un conjoint. Je sens chez certaines une pointe d'admiration car elles n'ont pas eu, elles, le cran de tout quitter.

Chez d'autres subsiste un scepticisme lié à l'insécurité matérielle qui pourrait en découler. Elles ont pris des amants, sont tombées amoureuses, l'histoire a duré trois mois, un an, deux ans voire plus. Puis elles sont revenues à leur statut d'épouse, de mère, avec toujours, dans un coin du cœur, le regard tendre et dangereux de l'Amour guettant le moindre faux pas. Cette errance, cette liberté particulière est une richesse contemplative qui les nourrit pendant des années. Et lorsque les enfants seront grands, elles ne regretteront rien, car elles les auront vus grandir, aimer, se tromper, et ne leur diront qu'une chose : « Sois heureux, vis ce que tu dois vivre mais surtout ne dis rien... jamais... qui puisse faire souffrir l'autre. »

Je lis quelques pages d'un livre sur le divorce écrit par un psychiatre :

> Si vous pouvez supporter la douleur de l'enfant, si elle ne vous détruit pas, alors l'enfant pourra penser que cette tristesse est surmontable pour lui comme pour vous. S'il peut sentir en vous la force d'affronter la réalité et les émotions qu'elle véhicule, sans les travestir, il saura, à son tour, penser et panser ses plaies...

David et moi envisageons l'alternance. Une semaine sur deux, les garçons vivront avec lui. Une semaine sur deux, je ne pourrai leur souhaiter une bonne journée. Une semaine sur deux, je ne serai pas là au coucher. Une semaine sur deux, je vivrai sans eux. Je ne pourrai pas ne pas les toucher, les renifler chaque matin – c'est difficilement envisageable.

Ce matin, je suis réveillée par les oiseaux. 6 h 30, c'est un peu tôt mais les oiseaux de mon jardin chantent dans un rêve devenu réalité.

Nous avons emménagé depuis peu dans une nouvelle maison, il y a du soleil, des enfants, l'odeur des légumes qui cuisent dans la cocotte en fonte.

Nous avons choisi l'alternance à la suédoise. David m'a avoué qu'il ne pouvait pas ne pas voir ses enfants durant une semaine entière. Je lui ai avoué qu'il m'est impossible de vivre une semaine sur deux sans eux. Alors nous avons opté pour une solution parfaite puisque nous habitons chez nos enfants. Nous nous retrouvons séparément avec eux, tous les deux ou trois jours. Les enfants n'ont pas eu à déménager leurs affaires. Ils restent dans la même maison et n'ont pas à craindre d'oublier un livre ou un cahier chez papa ou maman. Ils gardent leurs repères, leurs colifichets et autres petits talismans.

Nous changeons de lieu, transportons nos affaires personnelles. David, lui, a emménagé à Paris dans un petit duplex près des Champs-Élysées. Il a choisi des meubles au design contemporain, ce qui a toujours été source de conflit entre nous puisque je suis portée sur le mobilier vintage.

J'ai deux maisons, j'habite chez Marc, près de la Seine, lorsque je ne suis pas chez les enfants.

J'achète tout en double, sauf mes bas noirs que je laisse chez Marc dans un placard, ainsi que tout un tas de petites culottes en dentelle qu'il affectionne.

Il raffole de ces combinaisons à fente en résille. La préparation à l'amour est exaltante. Je me glisse dans un bain brûlant parfumé à la lavande. Je reprends contact avec mon corps, je me caresse les épaules, les bras, les cuisses, remarque la cellulite. Je me masse le ventre, et ses petits plis, conséquences des grossesses.

Je me sens propre, neuve, parfaitement prête à accueillir mon homme.

Je me passe du baume parfumé au citrus sur la peau, et enfile une robe moulante au décolleté très échancré. Je ne mets aucun sous-vêtement, je sais qu'à son retour, Marc relèvera l'étoffe légère de la robe, saisira ma poitrine entre ses mains, pincera le bout des seins, et me retournera contre le mur pour que la cambrure soit sienne.

« Tu as envie de manger quoi ? »

Marc n'a pas particulièrement faim, mais il passe commande.

Debout devant le buffet, il décachette deux lettres prises au courrier. Juste derrière lui, je glisse ma main entre les boutons de sa chemise et les défais un à un, méticuleusement. Puis je fais redescendre une main dans l'antre de son pantalon de costume à rayures tennis. Ma main le tripote, comme ça, sans prévenir, ça lui fait du bien, je le sais, j'en profite pour le déshabiller et me mets à genoux. Marc adore que je le prenne avant le dîner. Il aime se laisser dominer. C'est un petit jeu entre nous qui ne dure jamais très longtemps. Il reprend vite les rênes et me culbute en levrette sur le plan de travail, non loin des couteaux de cuisine. Je regarde les lames fines, blanches, parfaitement aiguisées. J'aime ce va-et-vient au milieu de ces couteaux en porcelaine qui s'altèrent un peu plus que les autres, ceux en acier trempé inoxydable, tout comme mon homme, tantôt tranchant, tantôt fragile.

Je le guette au saut du lit les cheveux hirsutes, ou au sortir de la douche, la toison collée sur son torse ruisselant. Ses cuisses musclées comme celles de David Beckham. Son sexe bien ancré. Ses fesses galbées comme un Adonis. Ne craignant pas les foudres d'Aphrodite, je m'interpose entre la salle de bains et le dressing, déboutonne ma chemise de nuit et plonge sans réserve dans la splendeur érotique du mâle.

Cette position reste ma favorite. Marc me tient captive entre ses bras. J'écarte les cuisses comme une jeune mariée relève son voile pour se laisser embrasser.

Son sexe me comble. Je l'observe et plonge dans le gouffre abyssal de son regard d'ordinaire un peu perdu, sauf pendant l'amour. Sa vigueur, sa volonté, son désir m'empalent. Sa manière vigoureuse de me dominer m'excite. Son souffle se mêle à sa transpiration fraîche. Ses traits marqués se détendent, et son visage livre une beauté virile que je contemple chaque seconde.

Sa voix suave et profonde continue d'ouvrir le coffre garni de joyaux incandescents que je recèle.

« Obéis... jouis! Oui... comme ça... Jouis... Viens, mon amour! ... »

Un cri échappé du tréfonds de mon être couvre subitement sa voix et m'enveloppe d'un linceul fusionnel. Je vis l'extase amoureuse et sensorielle. Marc continue son va-et-vient. Nos deux corps souffrent d'une passion dévorante. Une alchimie sensuelle et charnelle.

Je suis comblée... Je suis à lui... Sa geisha, sa maîtresse... Il est mon amour.

J'aime son odeur. Je le renifle comme le ferait un chien. Sa peau distille une note légèrement boisée, une fougère dans un champ de tabac. Une robe de douceur, un tissu épousant parfaitement le voile de mes sens.

Marc veut que je jouisse encore. Je continue de lui obéir. Plus je jouis, plus forts sont mes orgasmes. Il attend toujours que j'aie plusieurs vagues de plaisir pour venir lui aussi. Après la position du missionnaire, il me retourne pour regarder mes fesses. Il les baise. Il me prend comme ça, comme une chienne, me pénètre lentement sans me faire mal plus de quelques secondes avant d'arriver à l'instant de grâce où le plaisir prend le pas sur la douleur. Cet acte d'amour, comme une agonie, me vide de toute ma sève. Marc finit par exploser en moi. J'aime l'entendre crier.

Puis il s'effondre sur le dos après avoir bâti un édifice sensoriel dans lequel je demeure esclave pour l'éternité.

Les vacances d'été se préparent. Marc a réservé en Camargue. Nous partons avec Maya, 15 ans, et Martin, 17 ans, ses enfants. J'appréhende ces premières vacances en famille recomposée. Pendant ce temps, mes enfants seront avec David chez leur grand-mère.

Le matin du départ, Maya, pareille à une fleur sauvage, se pose sur le fauteuil du salon, les genoux ramassés entre ses bras. Son enfance rêvasse encore, le fumet des songes trace des volutes bleutées sous ses yeux. Sa chevelure brune encadre un visage aux pommettes parfaitement dessinées. Sa sensualité naissante, brute, est un hymne à l'amour, la promesse faite au poète. Sa féminité intacte, sa beauté éclatante offre sa grâce aux mouvements du temps. Ses yeux bleus immenses intriguent ceux qui les contemplent.

Martin, comme son père, parle peu. Son regard doux tranche avec la mâchoire de mammifère carnassier qu'il arbore pour scander des revendications comme le ferait un enfant de 3 ans, contrarié dans ses pulsions. Malgré sa soif d'indépendance, il referme ses doigts adolescents sur les liasses de billets que lui donne son père. Martin ne mesure pas encore les enjambées qu'il devra effectuer pour devenir un homme. Marc endosse ses coups de poing verbaux comme un boxeur au creux de l'estomac, dans la résonance familiale du chaos qu'il a provoqué en divorçant deux fois de leur maman.

Le 4×4 dans le train, les bagages dans le wagon, les places attribuées – voiture 3. Marc, debout dans le couloir du wagon, vérifie que tout est en ordre. Maya et Jimmy, son meilleur ami, sont assis côte à côte. Martin, une rangée derrière, a déjà son casque sur les oreilles. Le départ est imminent. Je m'installe près de la fenêtre, les portes se referment. Marc prend place à mes côtés. À l'arrivée à Avignon, le souffle du vent me ramène au week-end que nous avions passé au mont Ventoux, et ce temps exploré à s'aimer.

J'observe le regard inquiet de Marc faire des allées et venues dans le compartiment. Sous haute tension, il devance les désirs de ses enfants. Où est l'homme posé, tranquille que j'ai connu ?

Les jours s'enfuient sous la chaleur estivale avec un emploi du temps dédié aux adolescents. Je suis le mouvement, j'interviens peu. Je laisse Marc tenter de maîtriser la situation, ce qu'il a l'habitude de faire. Les trois ados semblent s'ennuyer de tout. Chaque activité proposée recueille bâillements, regards perdus sur l'écran d'un smartphone ou moues grimaçantes, indifférentes.

À 13 heures, je fais comprendre à Marc que s'il souhaite profiter d'une après-midi à la plage, il est temps de réveiller les enfants. Dans leur bungalow assez proche du nôtre, pas un bruit. Marc prépare des tartines de Nutella et tente de les réveiller.

Deux heures plus tard, nous arrivons aux abords d'une plage surpeuplée. À la demande des ados, Marc leur a réservé un tour de jet-ski. Maya, Jimmy et Martin grimpent sur leur engin sans trop d'enthousiasme et prennent le large sur une mer agitée. Marc, dans son silence de père anxieux, ne tient pas en place. Quarante-cinq minutes plus tard, ils sont de retour ! Je m'attends à quelques réactions, commentaires, joies ressenties. Maya et Martin font la gueule, seul Jimmy semble content du voyage. Je ne suis pas détendue, le stress de Marc déteint sur moi.

Nous avons réservé cinq matelas sur la plage privée du coin. Le plagiste nous installe sur les quatre derniers. Les trois ados s'allongent sur les leurs. Marc me dit d'en prendre un. Puis il se lève et va s'asseoir sous une paillote. Je lui fais signe de venir me rejoindre sur le matelas. Ce moment de retrait lui convient sans doute, il reste debout face à la mer. Qui sont ces ados qui sifflent sur nos têtes et qui nous mènent par le bout du nez ?

Marc admet qu'il n'aurait jamais réagi de la sorte avec son propre père. Je suis furieuse mais je ne suis pas leur mère, ce n'est pas à moi de gérer, c'est sa partie, mais il ne dit rien. Nous passons quelques heures sur la plage.

J'aimerais rester jusqu'au coucher du soleil accoudée au bar avec un mojito, mais Maya a décidé qu'elle en avait marre de la plage, de la chaleur, des gens, de son Coca dont les glaçons ont fondu. Elle se lève.

« Tu as besoin de quelque chose ? lui demande son père.

— De la mort ! Si elle pouvait me prendre et me ramener plus tard ! Suis épuisée ! »

Marc lui demande où elle compte aller. Maya ne répond pas. Elle se lève, s'habille et s'en va pieds nus sur le sable brûlant, ce qui la fait sautiller comme une puce. Jimmy, comme la petite tête du chien dodelinant sur la banquette arrière d'une voiture, la suit. Martin, quant à lui, est plongé dans une extase musicale dont les graves transpirent de ses oreillettes.

Marc me prend la main. Je le sens perturbé, acquiesce du regard. Nous rentrons. Le soir même, dans le restaurant de l'hôtel qui domine les collines à perte de vue, Maya est nerveuse, de mauvaise humeur. Un petit vent frais allège cette fin de journée caniculaire. En contrebas, Gérard, le patron du domaine, rentre les chevaux.

Maya s'adresse à moi. Elle veut savoir si j'ai fait l'amour aujourd'hui. Je me retourne vers Marc, interloquée. Maya ajoute qu'elle nous a entendus ce matin. Je réponds que nous ne sommes pas du matin. Je mens car ce matin, j'ai aimé les caresses de Marc, j'ai aimé sentir mes fesses prises dans les mains de mon amant et de frontière en frontière, il a parcouru chaque partie de mon corps avec douceur et fermeté. Il m'a léchée, mordillée goulûment. J'ai fantasmé sur la casquette de militaire kaki achetée la veille sur un marché. Il l'a portée. J'ai aimé qu'il m'enjoigne de lui faire une fellation. Marc a pénétré mon sexe mouillé comme un ru, s'agrippant à mes cheveux avec fougue comme la crinière d'une jument au galop. J'ai adoré être dominée par un militaire, une brute, un mâle en rut qui tend sa bite comme un couteau, avec la peur exaltante d'aimer cet intrus virtuel dans notre lit.

Après l'amour, je suis restée collée à Marc assoupi sous la moustiquaire.

Je pense à David en vacances chez sa mère avec les enfants. Il doit dormir dans la grande chambre du premier étage, « notre chambre », celle dans laquelle nous avons partagé un lit pour la dernière fois à Noël.

Marc travaillait tard, je suis allée seule à ce dîner. À ma droite, François dirigeait un *web journal.* J'ai été bavarde, ce qui ne me ressemble guère, mon flot de paroles envahissait l'espace comme un jerrican d'essence répandu sur un trottoir.

« Vous écrivez? m'a-t-il demandé d'un air surpris. Pourriez-vous écrire une nouvelle sur l'infidélité? »

Était-ce une manière détournée de me faire la cour? Sa proposition faisait suite à une question d'ordre privée : oui, je suis amoureuse d'un homme.

J'ai préféré penser que François était tenté de se fier à mes aptitudes littéraires. J'ai manifesté mon enthousiasme dans une poignée de mains enjouée, soutenant le regard de mon nouvel interlocuteur professionnel avec aplomb.

Le lendemain, je me lève à 8 heures, comme toutes les semaines où je n'ai pas mes fils. Marc, fidèle à son habitude, s'est levé très tôt, 5 h 30. Un jour sur deux, il prend l'avion de 7 heures. Mais ce matin-là, il part deux jours. J'attends patiemment le baiser qu'il m'offre lorsqu'il n'a pas le temps de me faire l'amour. Il y a ce baiser, et puis ce « Je t'aime » qui pénètre le nuage de mon sommeil. Je reste au chaud, engourdie dans nos draps, et roule vers la gauche pour enfouir mon visage au creux de son oreiller. J'aime l'odeur de sa nuit, de ses rêves expirés sur les taies en lin froissé.

Seule dans cette maison, le calme ne me dérange pas, bien au contraire, le silence est un cocon de soie doux et rêche à la fois qui m'enrobe de délicatesse.

La cuisine est tellement propre, chez Marc, que je me demande ce que la femme de ménage va bien pouvoir récurer aujourd'hui. Je verse l'eau chaude dans la théière, sors la bouteille de lait pour mon nuage dans le thé. Marc me manque.

Face au jardin, je songe au week-end à venir, à cette liberté d'être deux, sans plan précis – cela entrave le champ des possibles. Nous nous retrouverons, un point c'est tout.

Sur la terrasse, toutes les fleurs du camélia sont tombées, la fleuriste m'avait pourtant dit de l'arroser une fois par semaine cet hiver, pourquoi ne l'ai-je donc pas fait ?

Je finis de boire mon thé et abandonne mon mug dans le lave-vaisselle.

Je propose à Marc de passer chez son cordonnier récupérer trois paires de chaussures. Je dois aussi faire des courses pour mes garçons. Je leur ai promis un tee-shirt du PSG. Je tiens à mes promesses, elles sont le lien indestructible tissé autour de ceux qu'on aime.

Installée sur le canapé, songeuse, mon ordinateur portable à mes côtés, je retarde le moment d'ouvrir le document Word, tout en remâchant les propos de l'homme du dîner : « Vous savez écrire ? »

Je ne connais pas la réponse.

Je trouve quelque occupation pour différer, repousser les idées, le décor, les appréhensions, aussi. Écrire pour le plaisir, pour ne pas être lue est confortable, il n'y a pas d'enjeu, aucune pression. Mais écrire sur commande est un exercice nouveau. Montrer que je peux manier les mots avec un soupçon de talent, c'est une autre histoire.

Je me décide enfin à faire courir les petits pas complices des lettres de l'alphabet sur l'écran de mon Mac. Il pleut, ce matin, les gouttes de pluie m'escortent jusqu'au tréfonds de mes émotions. Les feuilles des arbres se balancent dans un souffle gracieux et ouvrent les portes de mon petit royaume. La solitude m'accueille à bras ouverts. Je récolte les fleurs de ma mélancolie comme on ramasse ses vêtements après une nuit d'amour sans lendemain. Après chaque inspiration, je dispose mes mains sur le clavier, mes doigts caressant ces rangées de strapontins d'AZERTYUIOP. Je ne suis que l'ouvreuse d'un théâtre imaginaire, il me faut monter sur scène. Muette, je guette avec impatience ces mots qui racontent une histoire dont j'ignore tout, avec, en fond sonore, le ronron rassurant du lave-vaisselle.

J'ai travaillé toute l'après-midi. Je referme mon ordinateur, l'esprit encombré de doutes, et m'endors devant la télévision, bercée par un défilé d'images sur les réserves naturelles de Patagonie.

J'ai dormi à la place de Marc. Je me suis réveillée à 7 heures. J'ai bu mon thé trop vite, me suis brûlée en faisant cramer les tartines. J'ai fini par renverser le contenu de ma tasse sur la table. J'éponge. Je déteste ma maladresse. Je n'ai pas refait de thé, me suis douchée, habillée, maquillée. Que de temps passé à se faire présentable ! Oui, présente à table...

Je soupire, ne retrouve pas le document Word ouvert hier. Désordonnée, comme mon père ! Le texte enfin récupéré, je relis, corrige les fautes d'orthographe, remplace des mots, reformule.

Le téléphone sonne. David a besoin exceptionnellement que je garde les garçons ce week-end. Je lui rétorque que ce n'est pas « mon » week-end, que j'ai des projets. Il insiste car il doit se rendre sur le tournage d'un film qu'il produit en Croatie.

Mon week-end va être chamboulé, Marc déteste les imprévus.

Il est déjà midi. J'ai rendez-vous avec Faustine pour déjeuner. Le soleil hésitant défait quelques nuages. Faustine me décommande.

Ça tombe bien, je voulais retravailler le texte. Derrière mon ordinateur, je m'aperçois que la nouvelle ne me plaît pas. Il faut détricoter, transformer, réécrire. Je n'arrive à rien. J'attrape un livre, histoire de me dégourdir les neurones.

« Une femme amoureuse fabrique un homme infidèle. » L'auteur du livre précise qu'un homme est infidèle mais sans effet indésirable, la plupart du temps, car, en trompant sa femme, il se trompe de femme comme on achète une chemise dans une taille qui n'est pas la bonne. Je referme avec circonspection ce roman acheté la veille, parcours quelques pages d'un magazine pour détourner les idées sombres en train de germer et de prendre le contrôle de mes pensées. Marc est parti deux jours, deux jours durant lesquels mon imagination s'enfuit avec la première venue. Puis-je lui accorder ma confiance lorsqu'il voyage ?

Je l'imagine au bar de son hôtel. Seul ? Avec un collaborateur ? Va-t-il rejoindre la femme accoudée au bar qui flatte son ego en lui souriant langoureusement, le décolleté ouvert sur une belle poitrine aux taches de rousseur ambrées ? Cette femme saura exactement comment le séduire. Ils s'embrasseront, leurs langues s'entremêleront et leur respiration fendillera l'air au rythme précipité de leur désir. Les tétons de la fille savourant le frottement amidonné de la chemise blanche qu'elle sera en train de déboutonner. Marc empoignera ses seins, la retournerait, soulèvera sa jupe crayon, la fera basculer en avant, avant de se servir. Il la possédera puis m'enverra un texto, une heure plus tard, me disant qu'il va sombrer dans le sommeil... Et qu'il m'aime.

L'imaginer avec une autre femme! Cette pensée me broie les tripes. Ce n'est qu'un fantasme. Non! Marc n'ira pas dans les bras de cette femme de passage, une autre, un jour. Il voudra aimer ailleurs, boire jusqu'à la lie l'amour impossible d'une mère défaillante, recherchera la réparation jusqu'au bout de la jouissance, jusqu'à sa dernière conquête. Mais pas avec cette rousse qui lui faisait les yeux doux tout à l'heure. C'est trop tôt.

Le réveil vient de sonner. Le soleil, de retour, diffuse sa chaleur matinale dans la transparence des rideaux. Marc rentre ce soir. Je m'étire au milieu des draps, soulagée d'être dans les bras de mon amour d'ici peu. Je refais le lit comme il lui plaît, la housse de couette recouvrant intégralement le matelas, les oreillers venant se poser au-dessus. Un jour, j'avais inversé, la couette recouvrait les oreillers, mais cela évoque chez lui le lit d'un mort. Ce matin, le lit est parfaitement conforme à son désir, les quatre oreillers bien en place, le tissu tendu, plat, lisse, sans l'ombre d'une imperfection.

La femme de ménage a laissé hier une pile de linge repassé sur la table de la salle à manger. Je remets chaque vêtement à sa place, ramasse mes affaires tombées sur la moquette que je range dans mon placard, dispose mes bijoux dans leur boîte. Marc n'aime pas se sentir envahi. Et puis, j'ai toujours cette crainte de ne pas rester…

Je relis la nouvelle. Indécise. Je relis cette fois tout haut pour écouter les maladresses. Les sons me plaisent, le rythme me communique un bien-être inédit. Je modifie encore quelques expressions.

Comment s'arrêter ? Cesser de réécrire, de tailler, de restructurer… C'est sans fin ! Je relis une dernière fois et l'envoie à François avec un petit mot de politesse.

Il est 23 heures. La serrure s'enclenche. Le claquement de ses talonnettes me rassure. Tout son poids repose sur ses talons, sa démarche est celle d'un homme affirmé. Faussement froide pour qu'il s'imagine que je puisse lui échapper, je le laisse venir à moi. Sa cravate défaite, Marc se penche et me baise les lèvres. Je ne suis pas armée pour lui résister. Ses yeux bleus pénétrants et sa voix suave me réconfortent. Je l'aime comme au premier jour. Il se colle contre moi, niche sa tête dans le creux de mon épaule comme un enfant. Je me rassasie, mon corps s'ouvre, mon palpitant redémarre. Nos corps se rejoignent. Enchaînés l'un à l'autre, nous faisons l'amour. Les seins libérés, mes tétons dessinent ardemment des lignes géométriques impalpables. Je lui raconte mon rêve éveillé. Cette femme rousse qui le séduit. Il remue le bassin, il veut que je lui raconte encore. Il jouit pour figer l'instant afin que l'éternité vienne le trouver.

Au petit matin, Marc file sous la douche. Son téléphone vibre. Un texto illumine l'obscurité de la pièce. C'est la première fois qu'il oublie son portable avant de quitter la chambre.

Je lis : « J'ai oublié mes lunettes à l'hôtel V… les as-tu récupérées ? »

Je connais ce numéro de téléphone par cœur, elle n'en a pas changé depuis dix ans. Faustine devait descendre à Aix-en-Provence vider la maison de son père qui va être vendue aux enchères plus tôt que prévu, c'était la raison du report de notre déjeuner. Marseille n'est qu'à quarante minutes d'Aix.

L'envie de vomir me tire du lit. Dans la cuisine, je remarque le tartre dans la bouilloire, il faudrait que quelqu'un se décide à la nettoyer. Je prépare deux tasses. Je glisse plusieurs tranches de pain dans le grille-pain. Je ne dis rien, Marc me demande si ça va.

J'ouvre le Frigidaire, il n'y a plus de lait pour mon nuage. Aujourd'hui, je me contenterai de ce que j'ai. Je préfère occulter cette nuit à l'hôtel. J'aime Marc aveuglément, au risque d'en crever. Aurai-je le courage d'effacer cette incartade de ma carte mémoire ? Est-ce de la soumission que de vouloir gommer cette balafre ?

Marc sort quelques affaires de sa valise. Un sticker enrobe un rouleau empaqueté avec une adresse écrite au feutre noir, celle d'un hôtel des ventes à Marseille.

Il s'approche, le rouleau dans la main gauche.

« C'est pour toi, mon amour. »

Je sors l'affiche de son emballage. *Et Dieu créa la femme* de Roger Vadim.

« Je l'ai acheté hier dans une salle des ventes, entre deux rendez-vous. Je ne savais pas laquelle choisir, heureusement, Faustine était dans la région… Elle connaissait le commissaire-priseur… Suis content que ça te plaise, ma chérie ! »

Mon cœur cogne dans ma cage thoracique. Je colle mes lèvres aux siennes, passe ma main dans sa chevelure humide, pendant que mes larmes perlent sur son épaule. Marc me regarde, l'air surpris, il termine son jus de légumes tout en lisant un texto que je ne peux lire. Il range rapidement son téléphone dans la poche intérieure de sa veste. Il s'approche de moi, m'embrasse.

« Je file ! Bonne journée, amour ! »

Merci pour votre mail, j'ai lu très attentivement votre texte. Je souhaiterais qu'on puisse se voir afin d'en discuter autour d'un verre.

À très bientôt j'espère !

Le mail de François me conforte dans l'idée que je ne lui suis pas indifférente et que je devrais jouer la prudence.

Il fait déjà nuit. La pluie incessante picore les mamelons bruns de l'asphalte déformé par la chaleur caniculaire. J'arrive trempée à La Closerie des Lilas.

François se lève en m'apercevant. Je m'installe sur la banquette en cuir. Il pose son téléphone portable sur le coin de la table. Un garçon vient rompre le silence et nous propose la carte. J'essaie de lire mais je n'y arrive pas sans mes lunettes. Je plonge ma main dans mon sac pour en ressortir l'étui, dévoilant ainsi ma coquetterie.

Il me parle avec emphase de mon texte qui lui plaît. Il complimente mon style. Il me dit qu'il prend ma nouvelle. Puis il commande des huîtres et une bouteille de Saint-Véran.

Je quitte le restaurant heureuse comme une nouvelle bachelière.

Marc repasse ses costumes tous les dimanches soir. Il sort minutieusement la table à repasser et l'installe dans le salon, face à l'écran plasma allumé.

Je n'avais jamais vu un homme repasser.

Je me souviens que dans la pièce dédiée au soin du linge dans laquelle je dormais, enfant, chez mon père, étaient entreposés une planche à repasser repliée contre le mur, un étendoir blanc, et mon lit d'une place face à la fenêtre. C'est dans cette chambre que mon père m'a giflée pour la seule et unique fois de mon existence. J'avais été si surprise qu'il lève la main sur moi que j'en étais restée bouche bée. Que mon père puisse me frapper ne collait pas avec le tempérament inoffensif qui le caractérisait. Oui, c'était cela, un gentil chien s'était soudain mis à mordre, je ne le reconnaissais plus.

Marc est gaucher. Je l'observe de dos en suivant les mouvements de son corps. Je devine la courbe de ses fesses dans son survêtement gris clair. Marc applique la semelle chaude du fer sur un pantalon, et du pouce appuie sur la gâchette pour que la vapeur s'échappe. Je le regarde comme l'homme que j'aimerais être, celui qui relève la jupe de sa femme en train de défroisser les faux plis du tissu, celui qui maintient fermement ses hanches et se tend vers elle. Mais la femme se fait désirer, elle murmure : « Laisse-moi, ce n'est pas le moment » ; pourtant, elle a envie d'être caressée, sucée, prise. Dans un éclair de désir, sa cuisse frôle le métal chaud du fer qu'elle repose subitement sur sa housse à fleurs. Elle tressaille, se fige, puis doucement s'ouvre dans la vapeur. Elle ferme les yeux, lève la tête, accentue sa cambrure naturelle, remonte sa jupe en maille fine, et offre sa croupe arrondie à l'homme qui se tient derrière elle. Elle bascule vers l'avant, prend appui sur la carcasse métallique, ses mains s'agrippent au plateau, le va-et-vient fait trembler la jeannette, grincer le parquet, la femme frémit de nouveau.

Je regarde Marc, très concentré sur son ouvrage, qui ne se doute pas qu'à cet instant précis, j'ai une envie folle de lui sauter dessus. Je me retiens par peur de prendre une gifle, peut-être.

David est venu déjeuner, il avait encore quelques affaires à classer. Alors que je fais du tri dans la cave, je sors le contenu d'un sac en plastique avant de comprendre que ces affaires lui appartiennent. Je remarque une boîte d'antidépresseurs. Une forte dose de culpabilité et de tristesse m'envahit, je me sens responsable de son mal-être. Je m'attendais à quoi, au juste ? Que David passe l'éponge pour que la vie continue ? Cet homme est le père de mes enfants, mais aussi mon meilleur ami, mon frère, mon âme sœur. Je m'assois devant le sèche-linge pour récupérer les serviettes en éponge encore chaudes que j'appose sur mon visage pour essuyer mes larmes.

Après le déjeuner, les garçons montent à l'étage. Tandis que je range la cuisine et mets du thé dans une tasse, David aborde le sujet des vacances de février. Il ne peut pas emmener les enfants, cette année, aux sports d'hiver comme il a l'habitude de le faire depuis qu'ils savent marcher. C'est l'une des conséquences de la séparation et des problèmes financiers qu'elle a déclenchés. Il s'approche de moi avec animosité. Si près de mon visage qu'il pourrait passer à l'acte. Tous les ingrédients sont rassemblés : l'agressivité, l'impuissance, la rancœur. Dans un dernier sursaut de colère, David bombe le torse comme un toréador prêt à sortir une banderille, ce qui fait sauter un des boutons de sa chemise. Résignée, en attente du coup fatal, je m'évade telle Evinrude flairant le danger, pose mon regard sur le bouton de la chemise Hugo Boss que je lui avais offerte à Noël. Je n'entends plus rien, obnubilée par le trou dans le tissu.

Ce n'est pas le genre d'homme à frapper une femme. Sa violence verbale assèche chaque parole que je verse pour stopper l'incendie. Fallait-il qu'il y ait une première fois ? Que ce soit pour se jurer de ne plus jamais se livrer bataille devant nos petits témoins en larmes dans l'escalier, ou pour entamer une relation conflictuelle à vie ?

Jetée littéralement sur un bout de canapé pour éteindre le chagrin qui engloutit les enfants, je voudrais rembobiner le fil des secondes qui ont causé le déluge.

Des spasmes me secouent encore la poitrine. L'orage est passé ; David a abandonné toute forme d'acrimonie, dévasté de n'avoir su épargner aux enfants un torrent de larmes.

Devenir insensible, désagréable, intraitable… J'aurais pu me transformer en harpie, en hyène et tout faire pour lui rendre la vie impossible. Mais cela aurait signifié nous trahir, nous et la promesse que nous nous étions faite un jour d'épargner nos enfants, coûte que coûte.

Je ne veux rien envenimer, et reste hagarde sur le canapé, Adrien dans les bras. David est perdu dans ses remords. Quant à Louis, il est remonté dans le salon télé.

Trois années se sont écoulées avec ses douces respirations de fin de semaine aux saveurs érotiques et tendres, ces moments vécus à deux, à envisager, rêver, se promener, flâner, s'aimer, profiter pleinement de la vie qui déambule à la manière d'une fille facile au hasard des rues de Paris.

Cela fait déjà un an que je partage mes week-ends tour à tour avec Marc, et mes enfants.

Rue de l'Arrivée, je l'attends dans la voiture. Marc récupère une veste chez le retoucheur. Je songe à ces manques, ces moments qui tissent un quotidien que je ne partage plus tout à fait avec mes garçons. Les activités sportives du week-end, les achats chez Decathlon, les courses du dimanche matin au marché, ou simplement les balades à vélo dans le bois de Boulogne. Demain, Adrien participe au cross de son club de tennis. Je n'y serai pas. À son retour, Marc reçoit un SMS de son ex-femme lu par une voix robotisée. Marc remarque mon manque de gaîté. Je ne comprends pas cette complicité. Certes, un enfant est la plus grande preuve d'amour que l'on peut offrir à quelqu'un, ce lien puissant demeure, quoi qu'il advienne du couple.

Jamais nous ne partagerons cet amour-là, mais d'autres projets, sans la joie de procréer ni de regarder les enfants grandir. Marc admet que le lien qu'il a avec la mère de Maya et Martin existera toujours, et ce, malgré les conflits. Je prends subitement conscience de la frustration que représente l'alternance. Cet éloignement, cette instabilité imposée aux enfants. Dans ces moments de doute, j'occulte les passages difficiles où, épuisés, David et moi étions au bord de la rupture physique et psychologique.

Continuer l'histoire différemment serait la seule façon de vivre heureuse avec Marc. Fabriquer de nouveaux souvenirs avec nos enfants respectifs. J'ai été la première à participer à son histoire de père, j'ai besoin, aujourd'hui, qu'il accepte d'écrire une suite avec mes enfants. Je sais qu'il a peur de ne pouvoir les aimer. Il m'a confié que vivre une semaine sur deux sous le même toit lui semble irréalisable. Son aveu m'a fait l'effet d'une pierre se fracassant contre une vitrine, comme s'il ne pouvait intégrer la partie la plus sensible de moi-même : ma part d'éternité.

Le lendemain matin s'étire dans le gris d'un hiver sur le point de se dissiper. J'irai chez le poissonnier mais d'abord, j'irai embrasser mes fils à l'arrivée du cross.

Je me gare facilement devant le bois d'où j'aperçois l'attroupement des coureurs en train de filer. J'arrive trop tard pour les voir gambader dans les allées, mais reste à les attendre avec David. Lorsqu'enfin je les aperçois remonter le chemin en contrebas, une joie m'anime. Adrien et Louis se jettent dans mes bras pour recevoir les bisous que je leur ai réservés. Heureuse, rassasiée, je les laisse avec leur père en leur soufflant à chacun dans le creux de l'oreille que je les aime.

De retour chez Marc avec mes filets de soles, je lui raconte. Il savait que j'irais embrasser mes enfants. Il avait deviné, je n'ai pas eu besoin d'expliquer mon retard.

Isabelle débarque avec un énorme plateau de sushis. Elle sourit comme une gamine, les lèvres bien ourlées pour mettre sa dentition en valeur.

« Alors ? Tu les trouves comment ?

— … ?

— Mes dents !

— Ah oui… c'est blanc !

— Avec le blanchiment, tu fais des économies d'énergie, tu n'as plus besoin d'allumer ! Sinon ? Toujours avec ton Marco ? L'homme qui souffre et qui n'arrive pas à te faire une place dans sa vie ? Parce que moi, si je dois être la dernière roue du carrosse, je préfère prendre un Uber !

— Mais si, justement, il m'a proposé de vivre avec lui !

— Eh ben… Il était temps que tu cesses d'être un forfait téléphonique sans engagement !

— Et toi ? Tu vas comment ?

— Je survis ! Arthur a décidé de devenir acteur à 45 ans ! Tu parles d'une reconversion ! Et Jules a une amoureuse ! Ah… Il n'y a que ça de vrai… L'amuuur ! Regarde, depuis qu'il a une copine, il ne bosse pas plus au lycée ! mais il n'est plus scotché devant son ordi à se les gratter !

— Elle est comment, son amoureuse ?

— Je ne sais pas ce qu'ils dévorent, tous ces jeunes, mais elle est tellement grande qu'à côté d'elle, je ressemble à un sac à main ! »

J'emménage chez Marc fin septembre.

« Prends autant de place que tu veux... Je m'en fiche... On déménagera, même, si tu veux ! »

Mon coquillage, le *Nautilus* qu'il m'avait offert lors d'un voyage à l'île Maurice, tombe et se casse. Je ne veux pas y prêter attention, prendre cela comme un mauvais présage ; mais la disparition de ce coquillage me contrarie plus qu'elle ne devrait. Pour une fois, je ne suis pas superstitieuse. Je ne veux pas écouter cette petite voix qui me prévient du début de la fin.

Marc se trouvait gros. Depuis qu'il a commencé son régime, il est à vif, fatigué, affaibli, en manque de sucre, et moi en manque du Marc gourmand qui me plaisait tant. Assis sur la table basse face à moi, il est pensif, triste, douloureux. Je le regarde, essayant de déchiffrer ses pensées.

« Je veux m'occuper de mes obsèques ! lâche-t-il.

— Ah oui ? Bonne idée ! »

J'ironise pour tenter de dédramatiser cet état d'âme morbide dans lequel il s'est fourré tout seul.

« Écris tout, en précisant ce que tu préfères, la terre, le feu, mais arrête le régime, là, sinon, tu vas finir par flotter dans ton linceul ! »

Marc ne réalise pas à quel point son réservoir d'amour est vide. Il me sait acquise. Pourtant, s'il devait séduire une autre femme, il lui faudrait revenir l'homme attentionné et charmant qu'il a pu être.

Et puis cet éclat entre nous au sujet d'une prise de courant ! Les contrariétés du quotidien montrent déjà le bout de leur nez. Rien de dramatique, mais pourquoi rompre avec un quotidien pour retomber dans un autre entaché d'un deuil, celui de ma vie de famille ?

Sur les quais, rive droite, l'hiver peine à laisser sa place, traînant son manteau de brume sur le bitume et sur nos pas. Toujours ce froid persistant qui contracte les corps. Nous avons rendez-vous avec Étienne, qui semble impatient de nous présenter son nouvel amour, de vingt ans sa cadette.

Il est déjà là, Étienne, son casque de scooter à la main. Laurène, elle, confie ses clefs de voiture au voiturier. Les présentations ont lieu rapidement, sur le trottoir. Marc serre les mains, sourit par politesse, il n'a visiblement pas envie d'être là. Nous laissons l'hiver à la porte pour nous engouffrer dans la chaleur obscure du restaurant.

Laurène est le style de femme qu'apprécie Marc : élancée, mystérieuse, une pointe de masculinité la rend très sexy. Autour d'une table ronde, elle passe et repasse sa main dans sa chevelure blonde. Belle, convaincue de son pouvoir de séduction, les dents bien alignées. Ses éclats de rire ouvrent un précipice dans lequel se jetteraient volontiers beaucoup d'hommes. Assise face à elle, j'observe cette plante exubérante et vorace qui s'empare de la bouche d'Étienne toutes les cinq minutes.

J'ai longtemps admiré ces amazones, libres de conduire leur vie dans la toute-puissance de leur sex-appeal, fortes d'une certaine aisance financière comme de leur jeunesse. Le velouté de sa voix timbrée, l'intensité de son regard font d'elle un fauve redoutable. Ses yeux dorés flattent l'ardeur des mâles. Chaque fois que son regard se pose sur Marc, un pieu semble s'enfoncer au sommet de mon crâne pour me faire disparaître au fond de la Seine. Je me sens rétrécir dans mon siège.

Marc semble réceptif au regard langoureux de cette fille beaucoup plus jeune que moi. Il ne me prend pas la main, ce soir-là, comme il a l'habitude de le faire. Peut-être se laisse-t-il distraire par ce besoin viscéral de séduire. Il reçoit un premier texto, un second, puis un troisième. Je comprends qu'il s'agit de son ex-femme. Il s'excuse et quitte la table pour aller téléphoner dans un salon, à l'abri des regards. Dix minutes plus tard, il revient s'asseoir mais son plat est froid.

Ne distinguant plus au fond de ses yeux les perles lumineuses qu'il m'offrait auparavant, ces serments d'amour dont je m'abreuvais, je lui en veux d'être ainsi disponible à toute heure du jour et de la nuit pour Estelle.

À plusieurs reprises, Laurène remonte le triangle noir de son décolleté, dévoilant la charpente de ses épaules nues, à l'image d'une danseuse de french cancan. Je l'écoute parler, raconter, et me focalise sur sa bouche si grande, si sexuelle. Ce n'est pas de la jalousie, cette situation réactive le sentiment d'infériorité que j'éprouvais, adolescente, face à ma mère, si belle. Elle subjuguait, impressionnait tous les hommes. J'étais persuadée, et le suis encore aujourd'hui, que mes petits amis, à choisir, l'auraient préférée elle. Alors j'observe cette manière si féline qu'a Laurène de prendre le pouvoir. Moi, je n'en ai plus, tout du moins plus sur Marc.

Il ne me prend toujours pas la main, je saisis la sienne qu'il laisse inerte dans ma paume. Son téléphone vibre de nouveau, il se dégage d'un coup sec pour répondre au texto.

Plus tard, je lui fais remarquer son éloignement. Il s'emporte, s'exclame que la mère de ses enfants a besoin de lui et qu'il n'a pas d'autre choix que d'être disponible pour elle.

Je mesure la difficulté d'une séparation et l'importance de ce lien qui persiste à nous lier à celui ou celle avec qui on a construit un foyer. Il n'a pas véritablement coupé le cordon avec elle et reste sous son influence. Je laisse mes enfants à leur père une semaine sur deux pour partager des moments en tête-à-tête avec Marc qui, une fois sur deux, a la tête ailleurs, rongé soit par ses soucis professionnels, soit par des préoccupations familiales. Était-il vraiment prêt à reconstruire ? Comme si l'échec de son mariage était un garde-fou contre une autre histoire. Le climat tendu des jours derniers m'oblige à plus de lucidité. Marc ne me donne rien, il en est incapable, trop égocentré, ravagé par un narcissisme infantile. Seuls ses enfants comptent pour lui, car ils sont le prolongement de lui-même.

Marc a décidé de passer une semaine de vacances seul avec eux pour la première fois depuis notre rencontre. Moi, je n'ai rien de prévu. Je lui annonce avoir accepté l'invitation d'un vieux copain à le rejoindre dans sa maison de Saint-Tropez. Dubitatif, Marc accepte moyennement mon projet de vacances chez un homme qu'il n'a jamais rencontré : Sam, mon premier amour, que je n'ai pas revu depuis des années. Il voudrait que je l'attende sagement chez lui sur son canapé, comme un animal docile. Jusqu'où ira son toupet, son égoïsme ?

Je réserve un billet de train pour le 5 août. Les souvenirs déferlent, tambourinent aux portes dérobées de la mémoire. Saint-Tropez, l'été de mes 20 ans.

Assise côté fenêtre, seule dans ce « carré Famille », je finis de me recoiffer un peu maladroitement, le regard plongé dans mon miroir de poche, la chanson d'Aznavour en tête.

... Tu n'as pas changé, la coiffure peut-être !...

Je songe à mes 20 ans, préserve la mémoire du temps avant qu'elle ne disparaisse comme la buée sur les vitres de la voiture.

Arrivée à quai, je descends les deux petites marches du wagon et, entraînée par le poids de ma valise, je sautille afin de ne pas perdre l'équilibre. Sam se tient devant moi amusé, il récupère ma valise et me serre dans ses bras. Il m'embrasse sur les joues. Il est le même, si ce n'est les quelques kilos en moins qui lui font cadeau de plusieurs années.

Sam me répète plusieurs fois de suite qu'il est content de me voir. Sa voiture n'est pas loin, je le suis, mes souliers flottent, j'avance comme entre des parois de verre d'où me parviennent des sons dont je ne saisis pas le sens. Il me parle sans cesser de me détailler de la tête aux pieds.

Arrivés au village, nous contournons la place des Lices, prenons la direction de Sainte-Anne. Huit cents mètres plus loin, Sam braque le volant de sa BMW vers un portail déjà ouvert. Les cigales chantent un requiem, le gravier frémit et craquelle sous le poids de son SUV. Les arbres aux kumquats habillent la maison entourée d'oliviers et de pins parasols qui se dessine en contrebas. Le parfum des arbres fruitiers, la magie des lucioles qui luisent comme des pierres précieuses dans la nuit, le charme discret de cet écrin me soufflent une bluette que je fredonne en cachette.

Je ressors de la salle de bains la tête enrobée d'un turban en éponge. Dans la brise ardente de l'été, mes pieds humides ont laissé des traces qui se dérobent aussitôt sur le carrelage de la chambre. J'enfile une robe. Sam m'embarque sur son scooter.

Le Bitsy est un restaurant niché dans les hauteurs, face à la baie. Son ami Jean-Louis, le patron, nous a réservé une table près de la piscine. Nous nous retrouvons tous les deux, avec quelques bulles de nostalgie au fond de nos coupes de champagne.

Les souvenirs occupent la soirée. La plage de Gigaro… Maman et Jacques qui nous emmenaient pêcher des oursins au cap Lardier… Maman et cet hameçon qui traversa son index avec autant de facilité qu'une flèche dans une pomme. Tous deux aujourd'hui disparus.

J'aimerais tellement que Marc soit près de moi, à vibrer de la même corde sous l'archet mystérieux du hasard. Sa chaleur me manque.

L'amitié de Sam éclaire les sentiers broussailleux de mon âme. De retour dans son jardin, il m'installe dans un transat, revient avec un plaid. Le ciel étoilé est une couverture céleste qui nous offre sa nuit. Il me raconte son divorce. Sa femme est partie du jour au lendemain sans explication. Il est complètement perdu.

Il est tard, les feuilles des platanes frissonnent à la caresse d'une brise estivale. Nous traversons le jardin dans l'autre sens jusqu'à la baie vitrée que Sam referme délicatement afin qu'elle coulisse sans mal. Je regagne ma chambre, lui, la sienne.

Allongée dans le noir, mes paupières restent grandes ouvertes. Je pense à Marc dans les Alpes. Je n'arrive pas à trouver le sommeil.

« Une tartine de pain beurrée... Voilà ce dont j'aurais envie, là, maintenant !

— Viens, on va prendre le petit déjeuner au Gorille ! » dit Sam.

L'aube ramène les bateaux, les amours, les flammes, la folie... Mais rien n'est encore figé dans la mémoire. Les farfadets de la nuit restent sur le qui-vive, ils escortent encore les insatiables, les fées, les paumés du port.

« Joyce arrive tout à l'heure du Cap ?

— Oui, mais elle est passée par Londres pour récupérer sa filleule Diandra. »

Nous les apercevons en remontant sur le chemin de terre.

« Ça va ? Vous venez d'arriver ? »

Joyce répond dans un français correct, remerciant Samuel pour le chauffeur venu les chercher à l'aéroport. Elles ont fait bon voyage.

L'aspirateur s'agite dans tous les sens afin de nettoyer le fond de la piscine où des feuilles mortes se sont agglutinées, provoquant ainsi beaucoup de remous. Sur mon transat, je guette un texto de Marc. Rien... Rien depuis hier matin.

Joyce marche dans ma direction, déployant ses membres gigantesques, comme une girafe débarquée de la savane africaine. Je me lève pour la saluer, convenablement, cette fois, pas comme tout à l'heure, un casque sur la tête et les mains gantées.

J'ai disposé des fruits sur la table, je lui en propose. Sa beauté sculpturale irradie, son corps de déesse m'impressionne. Sa démarche féline forme un halo sensuel et sa blondeur dorée accroche les regards. Plantureuse jusqu'au bout des seins, elle s'immerge dans l'eau purifiée du bassin et repousse les vaguelettes de ses doigts longs et fins dans une brasse coulée bien séquencée. Puis elle se dirige vers le plateau de fruits. Elle caresse la mangue, mordille les petits morceaux de chair avec ses dents, comme un animal. Je peux sentir le contact de sa langue sur cette chair si tendre à travers le pétillement de ses yeux. Perdue dans ce délice buccal, elle déguste, le regard absent.

Sa filleule Diandra a 20 ans, l'âge que j'avais lorsque j'ai rencontré Sam. Il redécouvre une jeune femme alors qu'il avait quitté une enfant. Ses yeux verts de sirène armée d'un sourire timide se posent sur nous. Sa chevelure brune recouvre ses épaules dénudées. Son maillot de bain à fines bretelles noires est noué au bas de son dos sur sa peau marbrée. Sa pudeur est prometteuse.

J'abandonne ma poitrine à la brûlure du soleil. La courbe de mes seins ne peut pas rivaliser avec l'aspect ferme et velouté de ceux d'une fille de 20 ans... Ceux que Samuel avait connus. Les seins de Diandra sont ronds, stables, petits, tellement parfaits.

L'après-midi, nous sortons en mer sur le Ferretti de Jean-Louis. Sam a tout organisé. Les pains bagnats, le champagne, les fruits. Nous nous ancrons au cap Lardier. Rien n'a vraiment changé. Il reste des traces de l'incendie qui a ravagé la région il y a peu. Les collines carbonisées portent un masque en résille qui les protège de l'effondrement. Comme à l'époque où nous enfilions palmes, masque et tuba pour aller à la pêche aux oursins, nous fouillons dans les entrailles du passé, à la recherche de saveurs oubliées.

Le temps est couvert, ce matin. La matinée se prélasse dans une atmosphère douce et enchanteresse. Sam est parti accompagner Diandra acheter des nus-pieds chez Rondini.

Le canapé en cuir vieilli du salon appelle au confort de l'abandon. J'ai ouvert un magazine. Joyce me demande si je veux boire une tasse de thé. Je comprends difficilement son anglais guttural aux voyelles fermées. Elle revient avec un plateau qu'elle pose sur la table basse en rotin.

Sam, de retour au bras de Diandra, nous a rapporté le déjeuner. Nous restons ensuite au bord de la piscine, guettons un rayon de soleil.

Je n'ai toujours pas de nouvelles de Marc.

De retour à Paris en début de soirée. Marc m'attend assis sur le canapé. Les ailes du temps ont remué comme une lame de fond les trésors de mon adolescence. Cette escapade à Saint-Tropez a fait ressurgir les moments heureux et complices, ainsi que le manque viscéral de ma mère. Je suis envahie d'émotions et de larmes que je n'arrive plus à contenir, et ce, depuis le voyage en train. Déstabilisé, persuadé d'avoir été trompé, Marc imagine que je vais le quitter.

Ce soir-là, j'ai la main, je domine le jeu. Il me voit pleurer sans comprendre. L'air abattu, il guette la moindre oscillation, remarque le mouvement amplifié de ma respiration, le chemin de mes sanglots qui s'évaporent sans bruit. Je lui fais part de ma nostalgie, ma mère, ma jeunesse. Mes larmes ne lui sont pas dédiées, non, je ne lui ai pas été infidèle. Soudain, son visage se métamorphose. Il reprend de la vigueur. Ce n'est plus l'être fragile qui me tenait la main il y a cinq minutes. Sa nature conquérante et autoritaire ressurgit. Marc reprend les rênes, s'éloigne à nouveau.

Mes enfants viennent une semaine sur deux chez lui. Les premières semaines se sont déroulées normalement, mais l'harmonie a été de courte durée.

L'hiver et ses fêtes de Noël approchent. L'homme dont je suis éprise depuis six ans est devenu irascible. Il ne parle pas, n'écoute pas non plus. Marc ne dîne plus avec nous. Il prend ses repas seul sur la table basse du salon, tandis que je grignote avec mes garçons dans la cuisine. Rivé à son téléphone, il se téléporte, voyage dans des sphères lointaines auxquelles je n'ai plus accès. Il est seul sur son cumulonimbus et n'accepte plus le partage.

Durant les quinze jours de vacances, il gît sur son canapé, regardant des séries télévisées toute la journée. En ligne quotidiennement avec son ex-femme, lorsqu'il raccroche, il semble soucieux, sombre, ne répond à aucune de mes interrogations.

Deux mariages, deux divorces avec la même femme. Deux échecs. Cette femme à sa charge financièrement et psychologiquement le rend responsable de ses difficultés à vivre. Marc vit dans une culpabilité énorme, celle qui entrave et empêche d'avancer. Tous deux victimes l'un de l'autre, avec deux enfants qui s'en sortent comme ils peuvent, entre deux névroses parentales.

Je fais de la figuration dans un ménage à trois. Marc, sous l'emprise de cette femme-enfant, se laisse manipuler comme un gosse et n'y voit que du feu.

« Je prendrai toujours la défense de mon ex-femme !

— Tu ne peux pas constamment être d'accord avec Estelle même quand elle dit des bêtises ? »

Je mesure qu'il ne me laissera jamais la place que je mérite. Cette femme est bien pire qu'une maîtresse, car il n'a pas coupé le cordon !

Les remarques désobligeantes, les réflexions cassantes fusent comme des javelots. Ce que je ne fais pas l'agace, ce que je fais ne lui convient pas. Je ne sais plus sur quel pied danser. L'humiliation, le va-et-vient émotionnel sont les vagues scélérates avec lesquelles je dois improviser et naviguer à vue. Marc rentre de plus en plus tard, déchire le courrier posé sur la commode du vestibule avec la lame à lettres. Mal-être… Je traverse le champ, il ne me voit plus. Lorsqu'il pose les yeux sur moi, son regard est fait de reproches et d'agressivité. Je ne peux pas fuir, je me convaincs que la relation en vaut la peine. Je prends sur moi et disparais dans les toilettes pour pleurer en douce.

Ai-je simplement fantasmé notre amour ? J'ai si peur de le perdre. Je me nourris des premiers émois, de nos débuts, des meilleurs moments d'amour, quand il était fou de moi. Fou amoureux quand j'étais encore en couple avec David et que je ne lui appartenais pas. Le désir triangulaire.

Je ne peux admettre que je me suis trompée, que j'ai peut-être quitté le père de mes enfants pour rien, pour une relation qui ne va nulle part. Pourquoi devrais-je renoncer à mon idéal masculin ?

Marc, lui qui n'est jamais resté avec une femme plus de quatre années consécutives, Estelle comprise, souhaite-t-il se racheter une conduite en se prouvant aussi qu'il peut garder une compagne un peu plus longtemps ?

Marc a déjeuné avec Estelle. Elle lui a raconté être amoureuse d'un homme qu'il connaissait, lui, puisqu'il était dans son ancienne boîte il y a vingt ans.

Il se rapproche d'elle car il risque de perdre l'exclusivité. Il ne cherche pas à la séduire une nouvelle fois, il souhaite juste garder la main. Le conquistador ne lâchera pas sa proie, d'autant qu'elle pourrait lui échapper pour de bon.

Cet après-midi, il s'arrête devant une boutique qu'il prend en photo. Je lui demande pourquoi. Il ne me répond pas. Je demande une nouvelle fois.

« Arrête de poser des questions ! C'est pour Estelle, c'est un *joke* entre nous ! » dit-il agacé.

La complicité entre eux est plus forte que jamais. Marc lui raconte sa vie. Estelle devient sa confidente. Elle est au courant de tout, de notre intimité, aussi.

Marc n'apprécie guère mes enfants. Marc n'aime pas ma façon de m'habiller. Marc se plaint du chat qui fait ses griffes sur le tapis. Marc écoute Estelle comme il écouterait sa mère.

Le chat a pissé sur le fauteuil. Je lui dis d'asperger de Perrier. Il n'entend rien et descend le fauteuil à la cave. Une heure plus tard, le fauteuil retrouve sa place dans le salon.

« Selon Estelle, il faut l'asperger d'eau gazeuse… »

Mes conseils n'ont aucune valeur. Il rejette tout ce qui vient de moi. Moi, il me baise, il dit même qu'il n'a jamais baisé comme ça avec elle, ni avec personne.

Il fait appel à elle pour refaire sa déco. Moi, il continue de me baiser.

Il pense être envoûté. Estelle lui procure des prières à réciter chaque soir. Il continue de me baiser.

Son ex-femme gère son quotidien et le mien, par ricochet. Marc me rapporte des vêtements, des bottines, des chemisiers, des manteaux de fourrure. Je me doute que tout cela vient de chez Estelle. Elle achète de façon compulsive, dépense sans compter. Marc rachète sa garde-robe pour moi car d'après lui, elle seule a du goût et sait ce qui est beau et seyant. Je n'ai pas le droit de demander d'où ça vient.

Marc lui rachète aussi des bijoux, mais ça, je ne l'apprendrai que bien plus tard. Estelle est une beauté sophistiquée, une brune aux yeux verts qui subjugue et rassure un homme comme lui, pétri de doutes. Il m'avait avoué qu'il aimait être à son bras, il bombait le torse. Elle était sublime avant même de se faire refaire le nez, la bouche, les seins.

Assis à côté de moi sur le canapé, Marc se met à me fixer, j'imagine bêtement qu'il me trouve jolie, qu'il est en train de revenir à moi. Mais il appose simplement ses mains de chaque côté de mon visage pour en tirer la peau vers le haut. Je ne suis visiblement plus à son goût puisqu'il joue à me rajeunir.

Je porte souvent des baskets, il me préfère en talons hauts de dix centimètres, enveloppée d'un des manteaux de vison qu'il m'a offerts pour Noël. Il m'avait annoncé que grâce à Estelle, il avait fait une affaire !

A-t-il besoin d'elle pour m'érotiser ? J'accepte sans me rebiffer, je suis à sa merci. Ma passivité est mon handicap. Il n'a tellement pas rompu le cordon qui le relie à elle qu'il lui obtient un appartement à cinquante mètres de chez lui, de chez nous, sans m'en informer. Il me met au pied du mur pour tout.

Plus tard, alors qu'il se démène pour lui trouver un gâteau d'anniversaire, il souhaite que je l'aide à dégoter « le gâteau ». Nous faisons le tour de toutes les boulangeries du coin pour combler ses attentes.

Il ne me laisse plus le choix. À ses pieds, qu'il me laisse lécher parfois, je continue d'être un petit animal docile en mal de caresses et d'attention. Mon bourreau me baise encore, je suis un objet de plus dans son univers. Un simple jouet dont il dispose dans son salon, dans sa chambre, dans sa cuisine, parfois dans sa voiture. Il me tient comme ça, je suis en pâmoison devant son corps, je me laisse culbuter par ce mâle dominant dans la gratitude et la sensualité profuse d'un corps en sidération. Terrorisée à l'idée de le perdre, j'encaisse son détachement sans réagir. Je veux cet homme, je veux qu'il mange mon amour, qu'il pénètre le palais de mon sexe et y dépose la nacre sacrée de sa divinité.

Bientôt, je le sais, il ne me baisera plus. Alors je profite. Je m'installe sur son sexe, je m'empale dans un rythme langoureux. Je donne mon jus, mon âme, ma sève, mon cœur. Il me serre les fesses, prend mes seins, les pince, il voudrait me suspendre par les tétons, m'écarteler avant de m'offrir à d'autres hommes. Il laisserait mon cul à la vue de tous en cadeau. Ces hommes me prendraient avec leurs doigts, leur langue puis avec leur verge qu'ils me glisseraient partout, y compris au fond de la gorge jusqu'à m'en étouffer. Épinglée comme un papillon sous cadre, un *Morpho didius* figé dans une extase contemplative, je pourrais mourir pour lui.

En attendant, je lui donne ma vie, mon souffle lumineux qu'il vampirise. Il m'assèche, me regarde dépérir sans vouloir me sauver, il nettoie juste mes poils laissés de-ci de-là sur son canapé. Il adore nettoyer, se débarrasser, faire reluire, astiquer, comme lorsqu'il décide de cirer toutes ses chaussures. Il commence par étaler du papier journal sur la table en acier du salon, le quotidien du *Figaro* qu'il reçoit tous les matins mais qu'il ne lit pas, puis il le recouvre d'une vingtaine de paires de chaussures qu'il lustrera comme d'autres fourbissent leurs armes. Il fera reluire bien comme il faut, comme sa queue dans sa main droite qu'il astique pour voir à quel moment je le supplierai de me prendre.

Il mélangera un peu d'eau dans le pommadier pour le glaçage et, du bout de la chamoisine, formera avec minutie des petits cercles répétitifs en commençant par la pointe de la chaussure pour que le cuir se ravive et que la couleur du cirage fusionne en douceur.

Impulsif, il est dans la maîtrise de tout, passe à l'acte sans se préoccuper des dommages collatéraux, il réfléchit après, c'est souvent trop tard, le mal est déjà fait.

Marc avance comme ça pour combler le vide abyssal de son existence.

Je déplie la lettre que je relis en boucle pour me faire du bien, pour me dire que j'ai fait le bon choix, que je ne me suis pas trompée en m'installant chez lui, que je n'ai pas tout foutu en l'air pour rien.

... Tu m'as pris la main dans cet enfer moderne.
Où l'homme ne sait plus ce que c'est qu'être deux.
Tu m'as pris la main comme un amant heureux...
Louis Aragon

Tu m'as appris à être heureux en pensant au bonheur de l'autre. Tu me donnes du bonheur et j'en conclus que tu dois être heureuse de ce que nous vivons ensemble.

Notre relation est précieuse, aussi, en cette veille de Saint-Valentin, je te demande d'envisager de nous rapprocher et de nous donner la chance, demain, de pouvoir vivre ensemble.

Est-ce que tu acceptes de m'aider à rechercher un appartement qui sera aussi le tien avec ton double de clés, et dans lequel tu viendras me rejoindre quand tu seras prête ?

Je t'aime,
Ton guerrier amoureux.

Nathalie fête ses 50 ans en septembre. Elle nous invite dans sa maison de Boulogne. Son mari immensément riche lui offre un confort de vie dont elle est heureuse de faire profiter ses amis. Nathalie s'y est prise très en amont, elle avait lancé les invitations en janvier. J'en fais la remarque à Marc qui sourcille, et m'assène brutalement qu'il ne m'accompagnera pas. Il souhaite que je vive ma vie ! Il est un ours qui aime sa solitude ! Je suis venue bousculer ses certitudes, les pions qu'il fait avancer au quotidien. Bref, je suis venue mettre la pagaille dans sa vie depuis cinq ans. Le couple est une vertu abstraite pour l'homme sans fondations qu'il est devenu.

Septembre arrive. Le thème de la soirée est le sport. Je déteste ces soirées à thème pour faire semblant d'être quelqu'un d'autre ; moi qui ne suis personne, j'aime encore moins être quelqu'un d'autre.

Marc, contre toute attente, m'accompagne finalement.

« Je dois me déguiser en quoi ?

— Coureur automobile, judoka ?

— Tu peux me trouver un kimono ?

— Ok, amour.

— Mais il me faut des médailles ! Des écussons ! »

Marc a besoin de reconnaissance jusque dans ses déguisements. Il aime se mettre en scène, se donner en représentation.

Il me rejoint dans la mercerie. Mal garé, nerveux, impatient, il est distant. Douce, serviable, patiente, aimante, toujours à l'écoute de mon amour, je tâche coûte que coûte de lui alléger le quotidien. Marc fait son choix. Il repart de son côté, ouvre la portière, grimpe, descend la fenêtre de son Hummer en prononçant brièvement un « À ce soir » sans aucun geste tendre.

De retour d'une semaine de vacances au Pilat, nous nous étions retrouvés dans une chambre d'hôtel dont le plafond encadrait un miroir, placé au-dessus du lit. Après avoir défait les bagages, je m'étais allongée, et, levant les yeux, m'étais mise à rêvasser. J'observais ma nudité. Ma peau bronzée ressortait magnifiquement sur les draps blancs parfaitement repassés. Une dragée enrobée de sucre d'orge. La mollesse des oreillers appelait à la sieste crapuleuse. J'avais commencé à me toucher le corps. Je me trouvais belle, excitante. Il était 14 h 30 lorsque Marc m'avait fait remarquer que si nous voulions déjeuner, nous devions redescendre rapidement pour profiter d'une table autour de la piscine, avant que la cuisine ne ferme.

Je subis sa mauvaise humeur, son indifférence, ses mots mordants, son mutisme, et cela m'émoustille. J'ai rencontré mon bourreau. Plus Marc est froid et distant, plus je me liquéfie et me soumets à son caractère revêche. Moins il est aimable, plus je le veux. De cet être faussement généreux, j'accueille la moindre attention comme un acte magnanime. Je me fais toute petite comme lorsque, enfant, je voyais ma belle-mère attendre que je déguerpisse à la fin du week-end et me houspiller devant mon père qui lui ne disait rien, ne prenait jamais ma défense. Mon père était un faible, il se soumettait à cette femme qui faisait tout pour briser notre relation.

Le charme de mon père révèle celui de Marc, ou l'inverse. Mes deux amours parallèles me toisent selon une symétrie affective qui broie le peu d'estime qu'il me reste de moi. Je comprends enfin pourquoi je ressens cet attachement pour un homme que je pourrais suivre jusqu'aux enfers. Je suis face à un animal arc-bouté dans sa posture de mâle alpha.

Comme mon père qui n'enrayait jamais les rouages du temps pour me prendre la main, trop préoccupé par sa carrière, ses tours de chant, les femmes et ses impôts.

Marc, malmené au boulot – un travail qui prend le pas sur tout –, ne jouit pas de la reconnaissance qu'il mériterait. Les impôts le poursuivent, lui aussi…

Je n'ai de cesse de lui broder des tas d'excuses pour justifier son manque d'amour manifeste.

Dans la salle de bains, les mains plantées sur la vasque, Marc observe son reflet dans le miroir. Supportant de plus en plus difficilement son visage marqué, il se tartine de crème anti-âge. Il est pourtant toujours aussi beau, à 60 ans. Marc arbore une toison pectorale qui excite mes sens au plus haut point. Je défaille, rien qu'en passant ma main sur son torse. Je l'ai dans la peau. Marc me plaît comme jamais aucun homme avant lui.

Au terme du dîner, nous rentrons tôt. A-t-il envie de profiter du grand miroir au-dessus du lit ?

Sur le dos, nu, il écarte les jambes. J'admire toujours quelques instants son sexe avant de me l'approprier. Je le prends dans ma bouche longtemps, en me frottant contre sa cuisse pour que mon corps oscille en quelques soupirs de plaisir. L'acte de la fellation me met dans un état de sujétion qui déclenche immédiatement chez moi la sécrétion d'un jus ruisselant comme l'eau du gué. Je me soumets à cet homme, et cette soumission est déjà un orgasme. Puis je m'étale sur lui, les fesses légèrement hautes pour qu'il profite de leur vue dans le miroir. Mon cul bien serré le rend fou. Alors, il me renverse et me pénètre à la hussarde. J'ai à cet instant les yeux rivés au plafond, et la joie d'observer le corps sculptural de mon amant en train de me fouiller. Je me laisse dévorer dans une jouissance béate et masochiste.

Une après-midi, sur une plage naturiste, il aime que j'offre mon corps au ciel, aux éléments. Il écarte les lèvres de mon sexe pour que je puisse être léchée par les rayons du soleil. Il dit : « Entrouvre les cuisses », dissimulant son érection entre les siennes. Sa langue chaude pénètre ma bouche. Je bois ses baisers, toujours.

Soudain, je suis face à son mutisme. Les mains de Marc se croisent sous sa nuque. Il part loin… Je suis si près… Il reste sur le dos, rien ne craquelle. Sa peau douce est luisante comme celle du mamba noir. Le temps, dans le sablier, défile. Les grains s'entassent avant de ruisseler vers les profondeurs d'un gouffre. Ses vêtements posés sur les galets, son corps nu nourrissent ma peine. Mon amour est plus fort que tout et emplit l'espace entre le soleil et cet homme sans paroles. Je nage dans les profondeurs de son silence.

J'ai été happée par l'illusion. Je me sens dépendante d'un rêve qui n'existe plus, mais la morsure du mamba noir produit une souffrance continue. Lui dire « Je t'aime » reste ma seule arme.

Il ne me voit plus. Il a bâti un mur entre nous. Je cherche à casser les pierres, à les briser ou à les entreposer ailleurs. Je reste seule à aimer, étalée sur le sable, délavée par son désamour. Les vacances prennent fin dans une baïne, je n'ai pas d'autre choix que de me laisser porter par le courant pour dériver sans lutter.

Marc a acheté lui-même le kimono et colle les écussons. Il est perfectionniste, il préfère faire les choses lui-même. Il ne délègue rien, jamais, à personne. Il se comporte de la même manière au bureau, ce qui explique ses heures de travail les week-ends et jours fériés.

Je récupère une combinaison d'aviateur chez une amie.

À la fin de la soirée chez Nathalie, je rejoins Marc debout face à une femme assise au bord de la piscine, je ressens une émotion étrange en les voyant. Mais je préfère ne pas prêter attention à ce sentiment innommable, surtout que ces deux-là sont ivres morts. Je prends le volant pour le retour. Marc a-t-il embrassé cette femme pendant la soirée ? Je l'ai sciemment laissé errer à sa guise, il me reproche souvent de se sentir étouffé. J'accepte qu'il ait besoin de papillonner. Son corps vieillissant, il veut se sentir encore valorisé dans les yeux d'autres femmes. Cette femme lui plaît, Marc a souhaité garder le contact. Il a noté son numéro de téléphone sur un bout de papier qu'il a replié dans une main. Mais Nathalie, ayant observé le petit manège, l'a intercepté. Je ne m'étais doutée de rien, ou presque. J'avais pressenti mais n'avais pas voulu voir.

Dans les toilettes, Marc a embrassé cette femme, prêt à lui ouvrir les cuisses pour qu'elle s'abandonne. Il voulait la sauter debout, a ouvert sa braguette, baissé son pantalon de judoka. Elle l'a branlé un peu avant de se tourner face à la chasse d'eau des W.-C. suspendus, mais il ne bandait pas, l'alcool a eu raison de son désir de possession. C'est ce que j'avais déduit lorsque Nathalie m'avoua les avoir vus sortir ensemble des toilettes.

Marc me propose de m'emmener à l'opéra Bastille assister à une représentation de *Carmen*. Obligation professionnelle, son boss le convie afin d'accompagner des clients. Je piétine d'impatience et choisis une robe longue en mousseline de soie noire dont les manches échancrées laissent les épaules dénudées.

Assise dans mon fauteuil d'orchestre, le corps caressé par la résonance d'une partition que je connais par cœur pour l'avoir écouté des milliers de fois chez ma mère durant mon adolescence, je retrouve une émotion restée intacte.

À la fin du spectacle, les lumières se rallument, les téléphones portables aussi. Marc se lève d'un bond, adresse un « Au revoir » tiède et lapidaire à quelques-uns de ses collaborateurs puis s'en va traverser les rangées de fauteuils, les couloirs et escaliers pour récupérer au plus vite nos manteaux au vestiaire avant de disparaître comme un fantôme dans la nuit. J'avais besoin de prendre le temps, je ne pouvais pas quitter ce lieu dans la précipitation. J'aurais voulu saisir l'instant, rester imprégnée de ces grandes voix.

Je cherche Marc, entraînée par la foule disséminée dans l'immense hall d'entrée. Je l'aperçois finalement dehors, de l'autre côté du parvis. Il se retourne vers moi, exaspéré de devoir m'attendre. Je cours à petites enjambées telle une geisha, les mains relevant ma robe pour ne pas trébucher. Je le rattrape enfin et me glisse à ses côtés dans le taxi qui vient juste d'arriver. D'un geste indifférent et maladroit, il se débarrasse de mon manteau tel un fardeau, me le jette sur les genoux, tant et si bien que le vêtement glisse et termine son chemin à mes pieds.

Il se lève tôt demain, il est fatigué. L'air agacé, le regard impatient, il ne m'adressera plus la parole de la soirée.

Je me sens rejetée, humiliée, fautive, mais de quoi ? Il me reproche souvent de ne pas vivre dans sa tête. Je devrais, ce soir-là, le deviner, aller au-devant de ses besoins, collée à ses basques comme un petit chien, mais surtout, rester à la place qu'il m'octroie, celle de son ombre. J'aimerais tant marcher sur ses chaussures neuves, en détendre le cuir, danser pieds nus à la manière d'une bohémienne avec son brigadier, me balancer sur ses pieds comme lorsque, petite fille, j'écrasais ceux de mon père du poids léger de mon enfance. J'aimerais avoir le pouvoir de reproduire ce petit jeu d'enfant, ce pas de deux facétieux qui lui redonnerait le sourire quelques instants. Mais Marc détourne les talonnettes et me laisse danser seule sur la part de lui-même dont il ne veut plus.

Isabelle insiste pour que je la rejoigne pendant sa pause déjeuner.

« Je suis ménopausée ! Ça y est ! Je t'explique pas… Quand tu es ménopausée, on tamponne sur ta fiche, en gros et en gras, *ménopausée*, comme à l'aéroport ! ton nouveau passeport pour ton dernier voyage ! Ensuite, tu fais le test de l'ostéoporose… Le médecin m'a dit que mon radius cubitus était fragile, que mes poignets aussi étaient fragiles, et, comme tu le sais, ça fait neuf mois que j'ai un problème de mâchoire ! Jérôme, qui ne s'intéresse que rarement à mon état de santé, là, il s'en préoccupe, de ma santé ! Tu penses ! Si je ne peux plus me servir de mes poignets non plus, il va être sérieusement en manque, mon Jérôme ! »

Les mots ne viennent pas, comment lui avouer que je me suis trompée, que j'ai fait fausse route, que j'aime un homme qui est incapable de construire autre chose que l'équivalent d'une tour de Pise ou un royaume de sable. Je suis dans le tamis, avalée par le souffle violent d'un vent de lucidité.

« En tout cas, la psy, elle, reste optimiste sur notre couple. Heureusement qu'il y a quelqu'un qui y croit… non ? »

Je ne réponds pas, perdue dans une panique vertigineuse, je flotte et n'entends que des bribes de cette conversation que mon amie d'enfance continue d'animer en meublant mes silences.

Marc me demande de partir. Il ne tolère plus la vie à deux. La routine, dit-il, l'asphyxie. Et puis, il vieillit. Il ne supporte plus ses rides. Il passe difficilement le cap de la soixantaine. Marc a besoin d'aller voir ailleurs. De se prouver qu'il peut séduire encore. Marc compte sur sa bite pour pourfendre son angoisse de mort. Je ne lui suffis plus, je lui appartiens, je ne suis plus un fantasme. Une partie de lui, son amour, reste pourtant cachée dans mon cœur. Mais son amour a perdu la bataille contre son désir de couper les liens, les attaches, les repères. Il préfère être libre, sans rendre de compte. Vivre sans rien partager. Il désire plaire à tout prix. Être celui que tout le monde veut. Beau parleur, il s'invente un personnage qu'il n'est pas pour séduire, pour être en représentation, son plaisir narcissique.

J'appelle Jeanne en catastrophe. Elle me propose de me prêter un appartement pour six mois, le temps de me retourner et de trouver une solution. C'est l'appartement de sa grand-mère qu'elle met en vente.

De retour chez Marc. Je lui fais part de mon projet de déménager, de partir. Il me regarde d'un air de chien battu et me dit que j'aurais dû le consulter avant! Je ne comprends pas. À quoi joue-t-il ? Au yo-yo ? L'œil suppliant, Marc me fait comprendre qu'il ne veut plus que je parte. Prise au piège de Calimero et de son inconséquence, je reste.

L'année suivante, à la même époque, le ramène au même constat, Marc ne veut plus de moi.

La douleur, simplement. Un râle caverneux. Un cri. La vérité. Les pierres tombent du ciel, percutent et déchirent tout ce que j'ai. J'avale la poussière qui pénètre tous les pores de ma peau, chacun de mes orifices, un rat de laboratoire, le ventre ouvert, la plaie à vif… Le scalpel brutal, incisif, insaisissable, la perception de ce qui m'entoure, floutée par mes yeux entartrés de larmes. Mes organes vitaux lacérés dans le silence de la rupture. L'extravagance d'une séparation que je n'ai pas choisie.

Isabelle et Jeanne, mes deux inséparables, sont venues. Elles ont mis les affaires dans des cartons. Elles emballent les souvenirs, les voyages, les photos, les cadeaux, ses cadeaux. Je cherche la boîte. Celle qui renfermait notre poésie aphrodisiaque, nos colifichets érotiques, nos secrets. Elle n'y est plus. J'aurais aimé emballer le sexe en silicone que j'avais choisi avec lui boulevard de Clichy car il ressemblait au sien. Je m'en serais servie pour le remplacer.

Le lit est défait car les jeudis, Marc ne le fait pas, c'est l'homme de ménage qui s'en charge.

Je veux voir, vérifier, je soulève la couette à moitié retournée du lit de notre défaite, la tache comme l'encre indélébile de nos ébats passés. Une autre tache, cette fois, sans moi. Une petite auréole… Le dessin d'un pétale de fleur cueillie lors d'un instant volé. Une tache… Sans son corps incrusté dans le mien… Sans sa bouche chaude et tendre sur mes lèvres.

Est-ce la trace d'un nouvel amour ? Ou bien celle d'un moment d'égarement… De plaisir solitaire… Je ne saurai jamais. Dans le doute, la béance de ma bouche entrouverte de chagrin. Pourtant, il m'avait prévenue qu'il désirait d'autres femmes. Mais quand a-t-il vraiment baisé avec une autre ? Caressé le sang bouillonnant sous la peau d'une blonde ? Passé sa main douce sur les fesses charnues d'une rousse ? Mordillé jusqu'à la brûlure les tétons d'une brune ? Enfoncé sa queue au fond d'un orifice inconnu… Aura-t-il joui la première fois ? Oui, il y en aura d'autres, des taches… Des tas de taches comme celle-ci lui échapperont… Il fera mouiller d'autres femmes… C'est ce qu'il aime, dans sa vie de séducteur… Faire semblant d'aimer, avant de briser.

Je l'aperçois. Il est 13 h 30. Marc arrive. Il ne repasse jamais chez lui la journée… Mon cœur se fossilise. Je ne veux pas me retrouver face à lui. Je veux m'enfuir, et à la fois, sa présence imminente me fait gonfler de joie. Comme un enfant qui rêve que la réalité soit tout autre.

Marc dans la serrure de mon cœur. Ses pas dans le couloir de mes fantasmes. Marc pose sa carcasse sur le fauteuil à l'entrée de la chambre sinistrée. La chambre mortuaire. Il se déshabille et entre dans la salle de bains. L'eau coule à flots. Pourquoi se douche-t-il maintenant ? C'est donc ça… Il a passé la nuit, voire plusieurs avec une femme.

Il change de chemise, de caleçon, de costume, de cravate.

Je reste dans la chambre d'ami, sans pouvoir articuler quoi que ce soit d'audible. Jeanne me conseille d'aller lui parler.

Je l'entends marcher sur mon cœur. Le devine au travers du bruit qu'émettent ses talonnettes sur le parquet. Je connais ses gestes, sais qu'il est venu exprès pour voir, pour être témoin d'une situation qu'il a décidée. Marc veut maîtriser, il est comme ça, c'est sa signature.

Nous nous parlons dans le salon. Je lui ai laissé des livres, il en fera ce qu'il voudra. Je lui dis que tout partira bientôt. Il a ce petit air malheureux qui m'a toujours émue. Cette expression de petit enfant délaissé par une mère mal-aimante. Il saigne aussi. Je tiens debout parce que je suis fière, il ne me verra pas à terre. Je l'aime encore, il le sait.

Sur le pas de la porte, avant de repartir, il s'attarde, me regarde. Je sais qu'il me veut contre lui. Sa fragilité me bouleverse depuis huit ans. Sa souffrance, que j'avais voulu effacer, liquider, pour me sentir utile et aimée, faisait écho à la mienne, je voulais m'en emparer pour mieux la désintégrer. Mais Marc est perdu, paumé. Je subis son désamour. Cet éloignement, cet arrêt net de notre relation hédoniste. Il est devant moi pour la dernière fois. Une petite bouloche s'est nichée sur le côté droit de sa barbe. Son meilleur profil. Le plus beau que j'aie pu admirer. Une autre à enlever à la naissance de ses cheveux, c'est donc le résidu d'une combinaison qu'il enfile chaque matin pour pratiquer le sport, me dit-il. Il prend ma joue gauche dans la paume de sa main, m'embrasse doucement... Je m'inonde de ce dernier regard et de ses lèvres sur les miennes. Depuis le couloir, je le suis des yeux, lui dehors, traversant le mail, moi à l'intérieur. Nous marchons en parallèle...

Marc sort du champ. La porte refermée, j'opère un demi-tour, j'avance pour rejoindre mes inséparables dans la chambre, toujours attelées à cartonner, emballer, scotcher.

Le chemin bifurque. Adieu, impossible amour. Adieu.

L'agonie dure depuis trois mois. Je ploie sous le poids de son absence. Je le croise dans chaque jardin, à chaque coin de rue. Ce profil que je trouvais sculptural lorsqu'il me redéposait tard dans la nuit au pied de mon immeuble, à l'époque où nous n'étions qu'amants. Mais avons-nous été autre chose ?

Je regardais, émerveillée, son meilleur côté, celui qu'il me laissait voir, et non la part embrumée de lui-même, son inéligibilité au bonheur.

Des promesses. Des inconforts. Et toujours ce pressentiment, cette triste certitude que cet amour cesserait un jour. Je voulais pourtant y croire. Mais avec Marc, l'amour aurait dû être sans lendemain. L'amour sans projet. Je dois faire le deuil d'un paradis perdu.

Je t'aime… je t'aime… je t'aime… À qui dire ces « Je t'aime », maintenant ?

Je le porte en moi, cet amour, fusionné au divin depuis ce jour d'avril.

Que faire du poids de cet amour pour Marc ? De cette énergie que je porte en mon sein comme un enfant abandonné. Cet amour m'écrase. Je dois l'extirper de mon ventre. Né il y a huit ans, il n'a cessé de grandir. Pourtant, je veux qu'il meure, cet amour, et qu'il me redonne ma liberté. Au lieu de cela, il m'entrave, me séquestre et me laisse en prise avec un immense chagrin.

Je ne sais pas si un jour on sera ensemble, mais je sais qu'on ne sera jamais séparés…

La passion nourrit la poésie de l'homme. J'ai cru aux mots délicieux de Marc. Je m'y suis complu. Rassurée, heureuse de croire qu'il me voulait, qu'il m'aimait. C'était une promesse d'avenir. Alors je me suis engouffrée encore plus fort dans la joie de cet amour. La joie grandiose d'aimer et de se sentir aimée. Rien à ajouter qu'un simple consentement mutuel. Une union. Un pacte.

Il a élevé un mur de glace entre nous depuis des mois. Son amour a giclé de l'eau gelée d'une rivière. Moi qui l'aime toujours comme au premier jour. Pourquoi cette fusion, ce désir insatiable depuis tant d'années ? Je lui ai voué un culte, ne vivant que pour lui. Je lui ai tout donné. Il est mon îlot, mon monde. Je suis à lui. Sa fragilité, son âme de poète me transcendent. Son profil de pâtre Grec. Ses traits affinés par le temps. Son allure chevaleresque. J'ai oublié de vivre, victime d'une sidération érotique. Obsédée par l'idée de ne pas arriver à l'épater, ou simplement lui plaire. Mes sens paralysés. Le désir cyclonique constant de me soumettre à lui. Marc, mon obsession, mon Graal, ma gageure. Rester avec lui coûte que coûte pour l'aimer d'abord, avant de me fondre en lui dans une bouffée mystique.

La béatitude s'est abîmée d'un coup. La langueur s'empare de moi tel un monstre aspirant l'onde fragile qui coule dans mes artères. Le chagrin transforme en sanglots les images, les plus beaux souvenirs en premier, ceux auxquels on s'agrippe. Le lien de ce temps passé ensemble à s'aimer et à se le dire. Fusionner comme deux atomes enivrés du calice précieux des cœurs qui s'irriguent dans la foi.

La nostalgie fait des ravages. Le monstre me suit partout, il veut ma peau et me porte aux nues. Esclave de cette souffrance que je ne maîtrise pas.

Bonjour…

Bonsoir, Marc… mon amour… *Amour*, comment s'adresser à lui autrement qu'avec ce mot qu'il incarne depuis huit ans.

Je réponds brièvement à son texto, je dis :

Bjr… Tout va bien…

Il écrit :

C'est définitif ?

J'ai envie de vomir. Depuis que j'ai quitté sa vie, la mienne s'écoule douloureusement. Atrophiée, tombée de haut, la chute me laisse le temps de revivre chaque tableau du pan de notre histoire. Il a pris une place immense, éveillé la grâce d'un amour fidèle, pur, fusionnel et continue de piétiner les débris de mon cœur. Il vit à mes côtés, il n'est pas tout à fait mort, je peux encore le toucher, le serrer, lui parler, le rêver.

J'attends ses mots chaque matin comme ceux que j'accueillais avec tellement de joie. J'espère ses appels pour entendre de son de sa voix caressante, ils n'arrivent plus. L'impatience heureuse de le voir, une émotion intense qui abreuvait tout mon être. J'aimais ces moments ensemble. Nos dîners en amoureux du vendredi soir, le seul moment de la semaine où il relâchait la pression. Cette soirée nous appartenait. Je déchiffrais la carte des vins avec lui, celle des desserts, aussi.

Marc le grand gourmand qui se délectait de mets chocolatés.

Je t'aime mon amour... Comme je t'aime...

Comme j'aime ressasser nos moments de vie. Le samedi matin, j'attendais qu'il revienne de sa séance de sport pour m'immiscer dans l'intimité de sa douche. Légèrement étourdie par le bruit de l'eau, la chaleur de nos corps, je saisissais ses hanches à pleines mains, suçotais sa poitrine humide, et nous faisions l'amour dans l'effervescence de la vapeur. Puis nous disparaissions dans le tumulte Parisien et rejoignions la fureur des magasins surpeuplés.

Le soir, après le dîner, il s'assoupissait, l'air bienheureux, dans le confort du canapé. Son bien-être révélait le mien. Attentive, je replaçais le plaid en laine de mouton afin de le préserver du léger courant d'air qui filtrait sur ses épaules. J'étais heureuse, apaisée.

Je veillais sur lui dans une simplicité ordinaire. Je savais ses défauts, ses défaillances, ses névroses, ses faiblesses, ses insécurités. Je supportais ses agacements, ses obsessions, sa maniaquerie. J'acceptais tout car je l'aimais pour le meilleur, et pour le pire.

Le dimanche matin ne le gardait pas au lit non plus. Il décompressait devant des chaînes de cinéma. Je lui en voulais un peu, de me laisser seule dans notre lit, mais je savais qu'il avait besoin de cette solitude. Puis il s'habillait, et me quittait pour retrouver des dossiers à relire, parapher et signer. Il repassait parfois pour déjeuner mais ne restait que très rarement faire la sieste. Moi qui les aimais tant, ces siestes dans ses bras. Je commençais par lui masser le dos, les cuisses, le corps tout entier, mais chaque fois le désir m'emportait, et mon corps s'extasiait sur le sien.

Pleinement épanouie, j'étais dans la plus parfaite affirmation de ma féminité. Je sentais au fond de moi qu'il était héroïque d'avoir trouvé sa part manquante. Il était mon double, mon autre.

Mais cet autre m'a lâchée comme la souris des serres d'un aigle en plein vol. Je tente de me raccrocher comme je peux au flanc de la montagne.

Marc m'a enlevée à David et, maintenant, il m'abandonne. Alors oui… C'est définitif.

Vanessa a insisté pour que j'aille consulter son amie voyante. Je ne crois pourtant plus en rien, ni divination, ni magie, plus rien n'éveille ma curiosité. J'ai perdu toute joie de vivre.

« Va voir Gigi ! me dit-elle… Moi, elle m'a sauvé la vie ! »

Je prends le métro jusqu'à République. J'imagine que des gens se sont foutu en l'air sur ces rails. Une rame comme celle-ci les a écrasés, broyés. Ils ne souffrent plus. Mais je ne commettrai pas l'irréparable. J'ai mis des enfants au monde, je leur dois de rester. J'ai la responsabilité d'être leur mère. Je n'ai pas le droit de me détruire, cela les anéantirait.

Gigi habite dans le Marais. J'emprunte la rue Béranger, la rue Charlot puis la rue de Poitou, troisième sur la gauche. Cela me fait traverser la rue de Bretagne, face au marché des Enfants-Rouges. Le plus ancien marché couvert de Paris dont l'appellation date du XVe siècle, après l'acquisition d'une maison dédiée aux orphelins dont l'uniforme était rouge.

Marc habitait rive droite, coincé entre son bureau et son appartement à quelques kilomètres seulement l'un de l'autre, il aimait prendre le volant sans savoir où il allait. Un jour, nous avions atterri dans ce quartier. Je me souviens de l'étincelle dans ses yeux – j'avais la même. Nous étions entrés dans ce marché en touristes ; autour de nous s'étalait un Paris presque disparu. Ce lieu a réussi à en conserver l'authenticité. Le bleu profond et l'arrondi spectaculaire des hortensias magnifiquement exposés, les gargotes exhalant différentes senteurs, la densité, le brouhaha du midi vous projettent au bout du monde, Marrakech, Istanbul ou New York. Nous avions pris place dans un café pour commander quelque chose que nous avions grignoté du bout des lèvres. Nous n'avions de cesse de nous dire que nous étions heureux, ensemble. Marc me disait qu'il était bien avec moi, qu'il se sentait apaisé. Il aimait ce feu divin qui avait envahi mon âme et dont je garde encore, dans mon cœur, toute la beauté.

Je me mets à chialer comme une orpheline ; j'ai envie de vomir tous les sentiments agrafés sur la paroi de mon estomac. Je passe devant le marché au petit matin, à l'heure où commence un nouveau jour. D'énergiques coups de balai par-ci par-là sur les trottoirs, le moteur d'une mobylette, les mains sur le comptoir devant le petit blanc mais sans le tabac brun. La cafetière diffusant la vapeur matinale du café crème. Les vélos qui passent à contresens. La torche du soleil plantée à mes pieds. Je quitte ce lieu de nostalgie pour rejoindre Gigi.

Gigi est une petite bonne femme comme on n'en croise plus. Sortie d'un film de Gilles Grangier, elle aurait pu donner la réplique à Gabin. Avec la gouaille d'Arletty, elle me tire les cartes. Elle voit la solitude, la séparation, le chagrin, la tristesse. Elle me dit qu'il m'a aimée.

Je sors des cartes, toujours les mêmes. L'ermite, l'effondrement de la tour, la mort. La dépression, l'isolement, la peur.

Gigi me dit que je suis la seule à décider de m'en sortir ou pas ; qu'elle m'aidera... Que je peux l'appeler à n'importe quel moment pour parler si j'en éprouve le besoin. Mais je dois remonter la pente, je ne dois pas me laisser aspirer par le désespoir. Elle me dit :

« Tu en es capable ! »

Qu'il me faudra beaucoup de force et de courage pour accepter que cette histoire est terminée, et que j'arriverai à tourner la page pour accueillir autre chose. Elle ajoute que je dois prendre garde car il reviendra... Il faudra que je sois forte.

J'ai l'air en papier mâché. Marc ne supporte rien de ce qui ressemble à de la faiblesse, ou de la mélancolie.

Il reviendra pour essayer de me séduire à nouveau, il est pervers. Je devrai lui résister, sinon, ce serait la chute. C'est ce qu'il a fait avec son ex-femme, il s'est marié, a divorcé, s'est remarié, a divorcé deux fois. Il est comme ça, Marc, il veut toujours ce qu'il n'a plus. Comme le mythe de Carmen, il suit l'amour qui lui échappe, mais une fois qu'il le possède à nouveau, s'en désintéresse.

Gigi me dit de m'accrocher à mon travail, qu'il faut que je me sorte de cette situation par le travail. Elle ne me fait rien payer, elle sait que je suis fauchée comme les blés.

Nous repartons ensemble et marchons côte à côte jusqu'à la bouche de métro. Elle est toute petite, Gigi, comme une enfant, j'ai envie de la prendre dans mes bras. Elle sait ce qu'est un chagrin d'amour, elle en a vécu plein tout au long de sa vie.

« Tu verras… tout passe… Même le chagrin ! »

Je lui fais une bise sur chaque joue. Gigi ne cadre pas avec le Paris bobo et ses restaurants bio à tous les coins de rue. Lorsque je la vois s'éloigner, je l'imagine rejoindre Jean Gabin qui l'attend sûrement en sifflotant de l'autre côté du quai. Le Paris populaire, celui des monstres sacrés survit, non pas grâce aux touristes étrangers rêvant d'élégance à la française, mais grâce à l'odeur du pain fraîchement sorti du four, de la baguette croustillante tartinée de beurre que l'on trempe dans son café crème en observant le soleil reprendre sa place. Oui… Des promesses de plaisirs simples et authentiques palpitent encore.

Marc me manque. J'aurais préféré rompre en hiver, le printemps était notre saison, celle de notre rencontre. Je longe le boulevard d'Auteuil, près des marronniers à fleurs roses. J'admire ces grands arbres que nous avions l'habitude de contempler ensemble.

Aujourd'hui, je mords la poussière, avalée par la spirale tellurique qui pirouette sous mes pas. Le magma m'étreint dans le manteau terrestre. La coulée de lave m'étouffe. Je reste là sans pouvoir bouger. Le cœur en mille morceaux, je ne sais plus qui je suis. La violence de cette séparation n'a d'égal que le coup de foudre que nous avions eu l'un pour l'autre. J'ai connu l'amour, mais la course des anges s'est arrêtée.

Marc m'a broyé le cœur, il en a pris les battements, les pulsations. Je songe à ces héroïnes romantiques dépeintes dans la littérature. Ces grandes amoureuses emportées par la mélancolie d'un amour perdu. La maladie d'amour. Aimer jusqu'à en crever !

Cet amour me ronge. À la recherche de ma méthadone, comme une junkie en manque d'héroïne, la douleur insupportable au fond des tripes, la flamme divine de l'appétence d'un démon jamais rassasiée.

Il s'est emparé de mon âme. Je me sens possédée par le manque, ce complice du diable. J'essaie par tous les moyens de l'expulser de mon corps, à genoux, prostrée sous l'eau purificatrice de la douche, hurlant de chagrin, enterrée vivante, exorcisant le mal avec le peu de force qu'il me reste. Marc est mon fossoyeur. La nuit, dans mes draps percutés de sanglots de verre, les larmes cherchent mille chemins vers l'oubli. Je me caresse et fantasme Marc dans des situations pornographiques. Marc, le sperme au bout de la queue se fait sucer, avaler ou bien Marc harponnant son sexe, éjaculant au visage d'une femme en pleine extase. Parfois, le sommeil me libère pendant quelques heures.

Je connais enfin la signification du mot « souffrir ». Je suis dans le tableau de Munch, défigurée par le désespoir qui se hisse de terre, portant une imperceptible pulsion de vie.

Je suis vivante. Rien n'a bougé autour de moi. Tout est à recommencer.

La passion demande de la force. Au début, Marc en était pourvu, grâce à l'énergie de la nouveauté, de la découverte, de l'impatience et de l'attente… La poésie de l'homme amoureux à sa promise. Les retrouvailles après les séparations, le plaisir dans la frustration. La dualité terrestre. Il faut de l'endurance pour vivre et pour aimer passionnément. Mais la passion ne peut s'affirmer que dans le pli secret de l'impossible.

Marc a aimé me désirer. J'ai aimé être amoureuse de Marc. Je l'espérais tant, cet amour. Il faisait partie de mes rêves d'enfant, il était mon monde, ma famille, aussi. Mais Marc n'a pas de place pour moi dans son microcosme organisé, planifié, ses responsabilités d'homme d'affaires, ses culpabilités envers Estelle, Maya, Martin, leurs exigences. Isabelle avait raison, j'étais la dernière roue du carrosse et la seule à nourrir la flamme depuis des années, la seule à entretenir notre amour avec du petit bois tendre, car, au fil du temps, le sien avait perdu toute la sève humide dont il s'était nourri les premiers mois.

Accepter qu'il ne m'aime plus. Renoncer. Je préférerais qu'il soit mort. Ses funérailles seraient la version luxueuse de sa dépression.

Marc s'est pendu chez lui, ou bien il s'est mis un sac sur la tête, comme il me l'avait un jour suggéré dans un geste furtif, pointant un petit fauteuil en velours :

« C'est là que tu me retrouveras… »

À ses heures sombres, il me rabâchait qu'il avait raté sa vie, il n'avait pas vu ses enfants grandir. Il avait délaissé les femmes qui l'aimaient… à commencer par sa mère. Estelle, bien sûr… moi…

Il y a au moins deux cents personnes à la cérémonie. Marc a ses fans. Beaucoup de collaborateurs, collaboratrices. Et puis d'autres que je ne connais pas. Des amis, il n'en avait plus. Des maîtresses, sans doute.

D'anciens patrons retraités. Des amis de ses enfants. Lui qui était si seul est aujourd'hui très entouré.

À l'église, l'agrandissement d'une photo que j'avais prise sur le bateau, face à la vallée du Douro, trône au fond de la salle. Il est bronzé, souriant, mais quelque chose de las émane de son regard.

Tout le monde pleure. Marc est mort… Marc est mort… Je me répète ces mots doucement pour tenter d'y croire. Pourtant, il restera vivant sous ma peau jusqu'à mon dernier souffle, comme ces asticots qui viendront bientôt se repaître de ses chairs.

À toi pour l'éternité. Je suis son bouquet, sa couronne mortuaire… Un bouquet blanc, fait de lys, de roses, d'arums, celui qu'il m'offrait souvent au début de notre relation. Toujours le même bouquet blanc, il savait que j'aimais les fleurs blanches, ou bien les avais-je aimées grâce à lui, je ne sais plus. Je collectionnais chaque épingle en perle de chez Chauvin, le fleuriste situé près de ses bureaux. Je les ai toutes jetées.

Blanchis comme les cheveux du sage, tous les pétales ont recouvert le lit de notre amour. Le ruban se dévoile posément au souffle prudent de l'automne : *Je ne sais pas si un jour on sera ensemble… Mais je sais qu'on ne sera plus jamais séparés…* incrusté dans la soie flottante d'une cérémonie secrète dont je suis la seule à recevoir le faire-part.

« J'aime pas quand t'es triste, maman… »

Louis s'engouffre dans mes bras. Les larmes coulent lentement, traçant des sillons argentés sur mon visage. Une traînée se dessine et s'attarde sur ma joue droite, comme la caresse invisible de Marc. Sa main m'effleure et me frôle jusqu'à la bouche. Mes lèvres chaudes subissent la vacuité d'un monde sans lui. Les dernières caresses, tendres, impromises, creusent mes traits. Ma peau est de chagrin. Rongée par le mal, elle se fendille comme une terre aride lézardée, brûlée par la fatalité d'un soleil indifférent.

Ma souffrance devient ridicule. Je dois lui échapper, cela a assez duré.

Les caresses chimériques doivent cesser.

Le cocktail s'éternise, je ne supporte plus les gens qui m'entourent, une coupe de champagne à la main et l'haleine incommodante des bulles éclatées au fond de leur gorge.

Une femme s'adresse à moi... Je la connais depuis l'enfance, je l'écoute avec une infinie tendresse. Gloria a bien connu mon père.

« Il était le plus heureux des hommes, lorsque tu es née... Il en parlait à tout le monde.

— Ah bon ? »

Je n'ai jamais su de quel cru était son amour pour moi. Un amour grand pour la petite fille que j'étais, et un tout petit lorsque je l'ai déçu en devenant une jeune femme.

« Ton père était un homme libre... Sans attaches... Un homme discret, taiseux, mais toujours dans l'émotion du moment présent... Ébloui par la vie et amoureux de l'amour ! »

Papa a été mal-aimé par sa mère. Ma grand-mère, qui avait des troubles psychiatriques, l'avait abandonné à lui-même et à mon grand-père qui, lui, avait fait ce qu'il pouvait.

L'image de mon père se superpose à celle de Marc. Marc aussi était libre, plein d'élan, vivant au jour le jour, sans penser aux lendemains. La blessure maternelle avait creusé, chez lui, une dépendance à la souffrance.

Tous les deux avaient le même sourire, ce même charme initial. La confiance en moins, comme une charge sur les épaules que la vie leur a volée. Mes deux amours enfouis dans les profondeurs d'un monde parfaitement bancal dans lequel ils ont essayé de grandir sans y arriver vraiment. Deux gosses à la recherche d'un équilibre qui les faisait trébucher chaque fois.

Je n'ai pas pu m'occuper de mon père. Seulement quelques jours à la fin, dans sa chambre, à la clinique. J'étais à ses côtés jusqu'à son dernier souffle. Le souffle, comme un papillon, s'est envolé… La trajectoire a simplement changé.

Je n'ai pas réussi à sauver Marc non plus. Personne ne peut sauver personne. Mais moi, je dois sauver ma peau.

Il y a une baignoire dans ma salle de bains, avec des robinets de style rétro. Les murs sont revêtus de carrelage blanc métro. Lorsque je m'allonge dans la baignoire, la tête penchée en arrière, j'aperçois le ciel à travers le Velux, mon petit coin de ciel bleu.

La rondeur naissante de mes fesses laisse apparaître, dans le bouton de vidage chromé, le reflet de mon sexe. Allongée, les jambes repliées, j'entrevois ma nudité qui s'ouvre dans la chaleur de l'été. Je laisse le pommeau de douche posé sur ma clavicule et je vois l'eau ruisseler simplement sur ma peau. De petites rigoles se dessinent librement, l'eau trace de minces filets, dévalant le mont de Vénus avant de disparaître dans l'orifice chromé de la bonde.

La brûlure est encore là. Permanente. Je me sers du jet de douche peu puissant. Bethsabée se savait observée par le roi David, rien de plus aphrodisiaque que de se sentir épiée par l'homme qu'on aime. Je rêve d'un bain de lait, d'être désirée et comblée par la force virile d'un guerrier. Besoin de me donner. Besoin qu'un homme me remplisse d'amour… Besoin d'oublier Marc.

J'actionne le jet qui titille le fruit le plus précieux

de mon anatomie. Est-ce que quelqu'un y goûtera encore ?

Hier, je suis allée chez le médecin, qui m'a confirmé que j'étais ménopausée avant d'ajouter, d'un air complice :

« C'est arrivé à des femmes très bien, vous savez ! »

Je suis soulagée car ce sang qui revient tous les mois, c'est vraiment enquiquinant. Mais là... Ma jeunesse a changé de trottoir. Il faut admettre que renoncer à la projection inconsciente de procréation est un moment délicat dans le corps et dans la tête.

« Vous avez des bouffées de chaleur, des insomnies, des sécheresses vaginales ? Baisse de libido ?

— ... Pas encore, docteur.

— Vous n'êtes pas obligée d'avoir des effets secondaires, vous savez, je reçois des femmes qui vivent ça très bien !

— Je pleure tout le temps.

— Avez-vous des idées noires ?

— C'est l'accumulation, la séparation, la ménopause...

— Je peux vous prescrire du Prozac, un comprimé par jour, ainsi que du Lysanxia, un comprimé au coucher.

— Merci. »

Je n'ai pas dit au docteur que je puise dans ma libido le désir d'écrire... Et qu'écrire actuellement est la seule chose qui compte, la seule action de ma journée qui m'apporte un peu de bien-être, la seule chose qui m'empêche de sombrer et qui me maintient debout. C'est ma kuṇḍalinī, ma jouissance s'habille de mots, d'expressions écrites qui maintiennent mes sens en éveil, mon énergie vitale. C'est peut-être ça, sublimer ! Rouvrir ses blessures, s'aventurer dans les méandres du chagrin à la manière d'un sculpteur qui façonne un matériau brut afin de créer quelque chose d'éternel. La caresse du néant sur le document de l'écran d'ordinateur fait renaître du beau, de la perspective, du soleil au bout de la route chaotique, du bleu dans le lavis monochrome des idées noires.

Je ne prendrai pas de Prozac.

La chaleur de juillet me saisit le corps et l'esprit. L'arrivée en Bourgogne, chez Jeanne, pour les grandes vacances avec les garçons, est une étape que j'attends impatiemment chaque année. Cette maison de famille est un havre de paix où l'on se réfugie comme des enfants en quête de mystère. Sur le chemin bordé de chaque côté par des champs de blé, d'orge et d'avoine, j'avance à petits pas, baignée de lumière, profitant d'une caresse bucolique de la brise sur mon visage. La nature rayonne, en cette saison. Sans maquillage depuis notre arrivée il y a trois jours, je n'ai pris ni douche, ni bain, mes cheveux tombent inertes sur mon visage amaigri.

Hier, un champ a pris feu face à celui où Jeanne garde ses poneys. Les pompiers ont stoppé les flammes juste avant qu'elles ne viennent entamer son pré. Seule la petite parcelle de blé voisin, heureusement déjà moissonnée, a brûlé.

La campagne, ses mouches et ses papillons offrent à l'esprit de douces rêveries, des pérégrinations qui donnent le tournis. Mes yeux suivent les ailes des insectes qui agitent mes silences d'une douce rêverie.

Depuis hier, les toilettes des deux salles de bains de la maison sont bouchées. Le plombier est arrivé tôt ce matin. Dans le creux des regards, les racines du saule ont envahi l'espace. Maintenant, les plombiers sont trois à s'activer, à sortir les racines de terre.

Moi qui cherche depuis toujours à m'enraciner quelque part, j'observe ébahie la bête qu'ils sont en train d'extraire. Les racines ont pris la forme des tuyaux d'évacuation, elles stagnent ici depuis au moins vingt ans, ont soulevé la terre, retourné le sol, fait exploser les canalisations, ont sculpté un anaconda géant. On est dans le pétrin. Jeanne est envahie, au sens propre comme au figuré, de ce passé dont elle est la seule héritière.

Le cœur en lambeaux, je vais fêter mon anniversaire cette année sans Marc, sans un mot, sans un baiser. Je pensais *faire ma vie* avec lui, il m'avait donné des raisons d'espérer. Marc m'a demandé mon avis sur l'installation de sa cuisine, le choix des placards, des matériaux. Nous avons acheté ensemble le linge de maison pour cet appartement devenu le mien une semaine sur deux. La vaisselle, aussi.

Les samedis après-midi consacrés à chercher la boutique, le magasin qui recèlerait le petit objet de déco choisi en commun. J'aimais partager tout cela. Se décider tous les deux pour un canapé, un meuble, rouge, la couleur de la passion, de la colère, de l'action, de la vie.

Marc m'invitait dans son intimité, m'incluait à ses projets de vie. Nous avons acheté des flûtes à champagne assez quelconques, mais achetées ensemble, elles devenaient divines. Choisir un lustre, une table basse, un vase, n'importe quoi du moment qu'on choisissait ensemble. Nous passions des moments doux et sereins, vibrant de notre amour. C'était mon plaisir, l'accompagner dans cette nouvelle vie, ce désir d'être deux à nourrir notre propre chemin, de vin, de gaîté et de lumière. Je lui prenais le bras et me sentais chérie comme je le chérissais.

Il nous fallait de nouveaux draps, des serviettes de toilettes, des rideaux. Marc à ce moment-là me laissait la place que j'avais désirée auprès de lui. J'aimais sa conduite dynamique, présomptueuse, il roulait au hasard des rues sans se poser de questions. Il réussissait à garer sa voiture chaque fois avec tant de facilité, dans ce Paris réservé aux cyclistes et aux piétons. Je lui répétais, amusée :

« Tu as de la chance ! Tu as de la chance ! Tu ne sais pas la chance que tu as ! »

Tout devenait possible avec lui.

Je me souviens d'un vendredi soir où nous avions fait irruption sans réservation dans un restaurant à la mode, bondé et complet. Marc avait affirmé avec assurance :

« Ma secrétaire a fait une réservation au nom de... »

Il n'avait pas laissé le choix au chef de rang qui, sans douter une seule seconde de la vérité de ses paroles, avait baissé les yeux sur son planning, surligné quelque chose et nous avait installés en terrasse précisément à l'endroit où nous avions envie d'être.

Les coups de bluff de Marc rendaient la vie excitante. Cela m'enivrait, et cette ivresse me sortait du quotidien avec David qui me ligotait. Les habitudes, le train-train, les vacances scolaires, le JT de 20 heures, les soldes, la Coupe du monde de foot, l'Urssaf, les fournitures scolaires, les voix robotisées, déshumanisées.

Marc avait insisté pour que nous visitions une maison de campagne. Je m'étais imaginé un nid douillet qui serait le nôtre dans ce pays de l'Yonne, celui de ses ancêtres – il était bourguignon. Lors d'un week-end, nous avions pique-niqué à Chablis, au bord de la rivière. C'était un pique-nique improvisé. Nous avions tout acheté, même les verres à pied pour le vin blanc, ce qui me semblait être un luxe absolu : d'autres se seraient contentés de gobelets en plastique.

Nous nous étions pointés dans la maison d'hôte qui ne disposait que d'une seule nuitée – or, nous voulions rester le week-end. Nous avions fait mine de nous être trompés de jour. Notre arrivée étant prévue le lendemain, nous étions partis avec un jour d'avance et espérions que notre hôte trouverait une solution pour nous loger, nous pauvres Parisiens en errance. Nous avions fait semblant d'être surpris !

« Ah non ? Ce n'est pas aujourd'hui ? Vous nous attendiez demain ? »

Marc m'avait regardée, complice, avant de répondre au réceptionniste qu'il était persuadé avoir réservé pour deux nuits. Le type s'était démené pour nous trouver une chambre libre dans un hôtel du coin. Pas simple, pour un week-end de l'Ascension.

L'hôtel était une auberge de style contemporain, sans charme sinon celui de la sous-pente de la chambre dans laquelle nous devions passer la nuit. La décoration était vieillotte, le carrelage de la salle de bains beige datait peut-être des années 1980.

Marc avait pris une douche tandis que je défaisais mon sac pour en sortir une tenue légère.

Il s'était allongé nu sur le lit. Il était 17 heures. Nous avions du temps. Un rai de lumière soulignait sa beauté au sortir de la douche ainsi que les gouttelettes scintillantes sur son torse. Je m'étais aventurée et m'étais rapprochée de sa bouche. Il s'était laissé embrasser. Je sentais déjà mon sexe luire au contact de sa peau. Le silence de cette fin d'après-midi faisait écho à mon bonheur. Je ne dis mot et commençai à lui caresser la verge, irrésistible, la plus belle que j'avais jamais connue, je m'en emparais dès que je le pouvais.

J'avais trouvé mon double, mon correspondant parfait, mon homme idéal. Je naviguais avec lui au gré des flots de notre océan cosmique. Marc avait pris mes seins dans ses mains, il savait le plaisir qu'il me faisait en les pinçant jusqu'à la brûlure. Je chavirais. Je libérais de l'amour, de l'énergie divine. J'avais joui, me fichant pas mal des voisins, j'avais lâché un cri d'extase tel un animal. Marc avait continué de me prendre, me retournant, et me baisant encore. Il allait et venait comme un Dieu. Il m'avait fait jouir encore avant de jouir à son tour, dans cette chambre si ordinaire.

Il me berçait d'illusion auxquelles il adhérait aussi.

Je faisais un beau rêve. Marc avançait dans la vie comme dans un jeu dont il avait les atouts car il avait édicté les règles. Il allait au combat, m'emportant sur son destrier, je m'accrochais à sa taille et nous galopions ensemble. Je l'aurais suivi jusqu'au bout de la vie.

Il était dépassé par ses problèmes de boulot, d'argent, les soucis qu'il avait avec ses enfants, les contrariétés liées à l'instabilité existentielle de son ex-femme. J'étais devenue trop lourde pour ses épaules, ma place dans sa vie s'était réduite comme peau de chagrin.

L'étagère en noyer était restée plusieurs mois dans son emballage avant que Marc ne l'installe sur l'un des murs vides de la cuisine. Un signe de son incapacité à s'installer dans un quotidien à deux ? Nous l'avions achetée dans une boutique de République, avec des sets de table, des nappes, serviettes en lin, et un extracteur de jus. La vie avec Marc était émaillée d'ingrédients qui auraient pu donner un breuvage des plus raffiné. Mais il avait brisé le shaker, et je me retrouvais à la rue, fauchée, avec juste quelques cartons et des valises à caser quelque part.

Pourtant, je guettais encore jour après jour une étincelle dans ses yeux, moi qui l'aimais comme au premier jour. Je cherchais à raviver la flamme, me nourrissant de fantasmes, ressassant notre histoire depuis le début. J'attendais quelque chose qui n'existait plus. Je l'ai étouffé par peur de le perdre, ou parce que je savais que je l'avais déjà perdu.

Le chagrin m'asphyxie, Marc a pris racine partout en moi comme un serpent végétal, je dois trouver un moyen de l'extraire de mes cellules, sinon, je risque d'en crever.

Le profil de José, sur Facebook, est mystérieux. Le visuel d'un homme sur une Honda. Un motard en costume bien mis, coiffé d'un casque sans aucune autre visibilité qu'un message d'élégance, d'indépendance et de liberté. Il possède une entreprise de rénovation intérieure à Issy-les-Moulineaux.

J'avais déjà reçu un premier message de José quelques jours après ma rupture cataclysmique avec Marc.

« Est-ce que vous travaillez dans l'immobilier ? »

Je m'étais interrogée sur le détail de mon profil qui avait bien pu lui faire penser que j'étais dans ce milieu. Un an plus tard, le même message. Je lui fais comprendre avec humour qu'il m'a déjà posé la question. Maintenant, il sait que je ne suis pas du tout dans la profession. Cependant, il continue de m'écrire, des phrases truffées de fautes d'orthographe, détail rédhibitoire, je ne réponds plus.

José insiste et m'écrit régulièrement. Je comprends qu'il est né à Paris mais qu'il a passé toute son enfance à la campagne, au nord du Portugal.

Je reçois enfin une photo de lui. Il est physiquement

l'opposé de Marc. Ça me va bien.

José m'écrit chaque jour. Je finis même par espérer ses textos parsemés de petits cœurs. Je lui réponds comme une ado, choisis tout excitée mes petits émojis en retour.

Et puis j'entends sa voix pour la première fois. Son timbre est plutôt grave, sa gorge sèche, la voix encombrée comme celle d'un gros fumeur. Ses inhalations ponctuent ses phrases, je ne me suis pas trompée, il fume comme un pompier. Sa voix n'est ni suave, ni sensuelle, je peux même dire qu'elle ne me fait rien, qu'elle ne déclenche aucun éveil érotique. Son débit est assez rapide, speed, comme celui de quelqu'un qui a, soit le trac, soit qui est drogué à la cocaïne. Son jargon pioche dans un langage familier des expressions dépouillées de tout artifice. Je décide finalement de passer outre des fautes de grammaire qui n'ont cessé de m'embêter depuis le CE2.

Peu à peu, il me déclare sa flamme. Il a parcouru mes photos, mes infos sur le web, je lui plais. Il me dit être fou d'amour. Je le raisonne, on ne peut pas être amoureux d'une image !

« C'est la première fois que ça m'arrive ! D'être amoureux comme ça ! Je te jure ! J'ai 49 ans ! C'est la première fois, je me connais ! »

Je rigole, tempère son ardeur car moi je ne suis pas du tout amoureuse, notre échange fait passer le temps, et puis, après Marc, je trouve bon de me sentir désirée, il flatte mon ego blessé, ça ne se refuse pas.

La vidéo remplace les images un peu blafardes prises dans l'encablure d'une salle de bains. José a une belle tignasse, une bouche ourlée, un sourire généreux et des yeux pleins de malice. Il me plaît.

Nous communiquons tous les jours de différentes façons. Je vérifie chaque jour mon image, espérant qu'il ne soit pas déçu, car je ne ressemble plus à ces photos qu'on trouve sur la toile.

Je marche au hasard des allées du bois de Boulogne. La météo est magnifique, pas de vent ni de pluie, que du soleil. Le temps défile comme un ruban sur l'horizon, sans direction précise. Je suis au vert, le souffle délicat d'une brise me chatouille les épaules, alors que José habite dans un environnement bétonné.

Et puis ses paroles :

« Tu me manques, j'ai tellement envie de te serrer dans mes bras. »

C'est exactement ce que j'ai envie d'entendre, les mots rassurants d'un amour qui me garderait le restant de ses jours. J'ai tellement besoin d'un homme qui ne m'abandonnera pas, qui fera front à toutes les tempêtes, vent debout avec la conviction que le bonheur existe ici-bas pour nous deux.

José ne rentre pas dans mes critères, il le sait. Il vit dans une ex-banlieue communiste ! Comment pourrais-je être avec lui ! Moi, la Parisienne ! Mais cet homme à l'allure juvénile bouscule mes certitudes. Il a une vision simple, rudimentaire de l'existence, avec cette touche désarmante de bon sens paysan.

Enfin décidée à le rencontrer, impatiente, je prends la route dans ma petite auto. Il n'y a personne sur le périphérique. Mon cœur s'affole un peu, je crains d'être déçue. Je déboule devant le portail blanc et l'aperçois. Nerveux, une cigarette à la main, il me propose de garer ma voiture près du mur, de l'autre côté de la cour.

Je sais d'emblée que ça ne collera pas entre nous, que là où il vit, je n'ai pas ma place. Et puis j'aime les hommes grands, les épaules larges et enveloppantes, José est petit, efflanqué, les cheveux longs, le look parfait de l'habitant des îles, blue-jean troué et tee-shirt délavé, qui baisent et picolent beaucoup pour passer le temps, étourdis par la violence d'un soleil qui carbonise toute volonté d'en finir avec ses démons. Les traits émaciés, le clope au bec, il respire la solitude du célibataire endurci. Nous nous embrassons sur la joue. José cherche ma main, je me dégage aussitôt. Mal à l'aise, je file aux toilettes. Les toilettes sont dans la salle de bains, mais il n'y a pas de porte à cette salle de bains ! Ma pudeur exige de faire couler l'eau du lavabo. Le salon donne directement sur un espace fourre-tout : dressing avec renfoncement pour le lavabo, douche. Il y a une litière. Tout est crasseux.

Il habite ici comme il vivait jadis au Portugal. Il fait son lit dans le canapé du salon, la chambre est celle de ses deux enfants. Un bout de cuisine, un coin de bureau, une cour à l'abri de la circulation pour qu'ils puissent jouer.

Lorsqu'il était jeune, sa mère tenait une loge de gardienne et faisait des ménages pour arrondir ses fins de mois. José n'a pas besoin de nettoyer, sa mère l'a trop fait avant lui. Il me raconte qu'enfant, dans les montagnes du Portugal, il allait faire ses besoins dans un trou à l'abri d'un chêne. Jusqu'au lycée, les gosses de la campagne ne se lavaient pas les dents, ils mangeaient des pommes et se débarbouillaient au gant de toilette avec un seau d'eau chauffée au samovar.

C'est de là qu'il vient, de ce temps où l'on faisait avaler un peu d'eau-de-vie aux mômes avant de partir à l'école, ça réchauffait le cœur et l'esprit quand les températures baissaient en dessous de zéro.

José a été élevé sans aucun confort sinon l'amour de ses grands-parents à qui ses parents l'ont confié lorsqu'il n'avait que 4 ans. Alors, installer une porte est bien dérisoire dans ce capharnaüm qu'est son lieu de vie.

Je m'assieds devant un touret de chantier qui lui sert de table. Tout en dévorant le sandwich qu'il m'a préparé, je lui avoue que je ne suis finalement pas prête à vivre une nouvelle histoire d'amour, que je suis encore en deuil.

« On reste amis, ce n'est pas grave ! » dit-il, désinvolte.

Il me propose de rester mater un film. Je m'installe sur son canapé. Il m'offre à boire. José défait son lit.

« On sera plus confortable ! »

— Non, ce n'est pas la peine ! »

Il insiste. Je le vois venir.

Le lit défait, nous sommes côte à côte. Il me prend la main, il est très malin.

Une sensation de chaleur exquise est en train de m'envahir. La pression de sa main bouillante et l'énergie qui s'en dégage m'irradie tout entière. Il me dit avoir très envie que je l'embrasse.

Maintenant que les choses sont claires, j'ose enfoncer ma langue au fond de son désir. Il me déshabille. Il me prend sur son canapé de travailleur. Qu'il est beau, ce garçon ! Ses yeux recèlent des trésors de tendresse. Rien de tordu, tout en sensualité et en gentillesse. J'accueille son amour en toute simplicité.

Je passe finalement ma première nuit avec lui dans l'océan d'un canapé-lit défait. Sa chatte est en chaleur et hurle sans discontinuer. Impossible de m'endormir. José, lui, ronfle. Je file me coucher dans la chambre de ses enfants, loin des vocalises désespérées de l'animal.

Au petit matin, il vient me retrouver, se colle contre moi avec ardeur. Il m'embrasse fougueusement, se fichant pas mal de l'haleine matinale. Je me laisse aspirer, perdue dans la chaleur de ses baisers. C'est tellement bon, d'être désirée.

Ce gars est en train de faire tomber toutes mes barrières de protection. Authentique amoureuse de l'amour, je me laisse cueillir. Ses mots ne cessent de flatter mon ego, mon âme, il met à mon service tant de petites attentions qui me redonnent envie d'y croire. José me tend la main, c'est bon de la sentir dans la mienne.

Peu importe le temps que ça durera. Je décide de ne rien attendre, de ne rien projeter. J'accepte de vivre jour après jour ce que la vie a à m'offrir. Je m'engouffre dans ce nouvel amour et repars le lendemain matin avec la hâte de retrouver ses mains, son haleine chaude de chien assoiffé, sa crinière d'homme des bois.

Sur la route, je repense à ses mains en train d'explorer les courbes de mon corps comme un papillon frétillant aux ailes râpeuses. Sa bouche pulpeuse m'aspire goulûment, je m'abandonne béate à l'esquisse gourmande d'un espoir de bonheur. Ses lèvres capitonnées d'ardeur m'enjoignent de lui faire l'amour.

Je ne cherche plus, à cet instant précis, à comprendre pourquoi cet homme qui ne rentre pas dans mes critères est entré dans ma vie.

José a la douceur enveloppante d'un félin asiatique. Sa tendresse comme un fil d'or volatile se déroule jusqu'à moi. Ses souvenirs déracinés m'accueillent dans le précipice d'un cœur sans attaches. Je bois ses paroles, j'avale ses mots, je les engloutis parce qu'élevée aux contes de Charles Perrault, j'ai envie de croire encore qu'une rencontre peut surgir de n'importe où.

Voilà comment, au détour de la vie, je me retrouve dans une banlieue prolétaire chez un artisan du bâtiment, emportée par sa tendresse, sa délicatesse et sa malice. Il ne range rien, la crasse s'accumule au fil des saisons, mais son sourire, son œil vif et mutin le rendent effroyablement séduisant.

Pour la première fois depuis l'abandon de Marc, je ressens des émotions que je croyais éteintes. Je me pensais morte, sans plus aucune chance d'aimer ni d'être aimée. Tomber amoureuse est immense ! Royal ! Le sel sur le radis-beurre, l'omelette sans coquille. Je vibre pour quelqu'un dont j'ignore tout.

José m'enveloppe de son regard tendre tandis que ses mots prennent leur envol et me touchent passionnément. Mon cœur cogne comme une lavandière tape le linge mousseux contre la pierre pour en libérer le savon. Je pense moins à Marc, ses mains sur mon corps ne me manquent plus vraiment, et ne sont plus qu'un souvenir lointain.

Tout passe, même le chagrin, Gigi avait raison. Je renais de mes cendres.

Le sourire taquin de José me retient en arrière dans un élan juvénile, au moment où je dois lever le menton pour guetter les étoiles dans le ciel, plutôt que de baisser le visage pour observer les fourmis qui foisonnent à mes pieds. Je suis coquette et, malgré mes quelques années d'avance, il ne cesse de répéter que je suis jeune, que la vie est encore longue.

Il m'envoie des « Je t'aime » à longueur de journée, me demande si je l'aime en retour. Je ne sais pas, j'ai juste envie d'être à ses côtés. Cet homme a réparé quelque chose. Le destin me fait des avances.

« Jeanne ? Je crois que je suis en train de tomber amoureuse de José. Sa façon d'être, brut de décoffrage, ses envies de bonheurs simples. Il veut profiter de la vie. Il a l'air bien quand on est ensemble, c'est un amant merveilleux... »

Je commence à m'attacher à cet homme. Nous profitons l'un de l'autre. Nous mangeons peu, lui boit quelques verres et m'épargne le plus souvent possible ses nuages de fumée. Je n'ai pas envie de me passer de lui. Même sa sexualité est simple, sans fantasme particulier. Il me veut comme ça, sans fard ni porte-jarretelles. Marc était friand de ces petites tenues affriolantes, ce qui m'excitait beaucoup. José aime me prendre dans les foins au réveil. Moi qui pensais être une fleur fanée, il me redonne confiance et me remet avec beaucoup de délicatesse les pieds sur terre, dans une réalité où j'ai peut-être encore une place. Je finis même par me projeter avec lui dans son appartement de prolétaire.

José ne court pas après la douche, ni celle du matin, ni celle que l'on prend parfois après l'amour. Son lavage de dents est aléatoire. J'accepte son côté rustique, je crois même que son aspect homme des bois ne me déplaît pas. Là où Marc est raffiné, apprêté, coquet, toujours préoccupé par son apparence, José vit l'instant présent, profite de sa famille. Il nourrit un optimisme inébranlable sur l'existence. À bientôt 50 ans, il est gonflé d'espoir sur la vie à venir.

Son enthousiasme communicatif me fait du bien, moi qui vois la plupart du temps le verre à moitié vide. Je suis à l'écoute de ses désirs fougueux, son impétuosité et sa foi.

José m'emmène dans le Vexin où il a construit, de ses mains, un petit refuge.

C'est une année à cerises. Je l'observe, sur l'escabeau, cueillir des grappes bien mûres de cet arbre si majestueux. Il bêche, me montre comment biner les dalles du jardin envahies de mauvaises herbes. Il met les mains dans la terre avec autant de souplesse et de fermeté qu'il les porte à mes fesses. Je décapsule une Heineken et l'observe porter la mousse à ses lèvres, une ode à la sensualité. Il a transpiré, et ce doux mélange de sueur, de tabac et d'alcool me lave de toute pudeur. Je l'embrasse, savourant ses lèvres humides. Il ramasse du petit bois, met en route une magnifique flambée dans la cheminée de la cuisine pour le dîner. Il me réchauffe complètement. Je tombe sous le charme de ses yeux rieurs, de son bagou de titi parisien à la vérité noble et bienveillante, son regard sur la vie, sur les gens, cette lucidité sans aucun jugement. Il me recadre avec son prisme sain d'homme simple.

Moi aussi, j'aime mettre les mains dans la terre, humer le foin, m'accroupir et baisser ma culotte pour faire pipi en plein champ les fesses dans les pâquerettes. J'aime notre odeur après l'amour. Marc se lavait toujours après, quelle que soit l'heure, le moment, et je croyais bon d'en faire autant, si bien qu'avec le temps, j'avais oublié cet érotisme-là. Avec José, je garde jusqu'au matin les alvéoles salées de nos corps comblés. J'aime ses odeurs corporelles, ses aisselles que je renifle comme une bête appâtée par la puissance virile.

Nous passons trois jours de béatitude, sans se poser de question, trois jours fusionnels.

Je bois à ses lèvres la liqueur brûlante d'un nouvel amour. Son odeur et sa peau soyeuse m'émoustillent. Je vibre sur l'onde frétillante d'un départ vers une contrée mystérieuse.

Dès qu'il pose son cœur contre le mien, son sang bouillonne, ce qui augmente la puissance de mon thermomètre intérieur. Cette chaleur accidentelle, à l'instar de l'explosion du Vésuve à Pompéi figeant l'instant présent dans une éternité fantasmée, est douce comme un nectar.

Son regard tendre, son sourire malicieux amorcent une liberté enfantine pareille à celle d'un gosse qui marque à la craie le contour d'une marelle dans la cour de récré, et qui s'élance droit au ciel sans franchir les autres cases.

De retour à Paris, je reste dans l'attente de ses petits signes virtuels, ses mots d'amour, mais tout s'espace. Il est moins attentionné, moins réactif aux messages que je lui envoie. Il n'est plus aussi fou d'amour qu'il voulait bien me le faire entendre.

Peut-être que c'est sa façon de séduire les femmes, leur faire croire que c'est la première fois qu'il ressent ce qu'il ressent.

Il ne répond plus à ma tendresse. On ne se voit pas comme prévu le mardi suivant, car « il n'a pas la pêche », me dit-il…

Sa sincérité a bousculé mes certitudes, mes convictions. J'ai abaissé mes barrières de protection. Mais la peur a le dernier mot. La peur que José me soude à quelque chose de lui-même qu'il ne connaît pas et dont il n'a pas la clef.

L'amour s'est décuplé au fil des semaines, pour tournoyer et stagner autour de la perception erronée que j'en ai. Ai-je succombé à un Don Juan ? Un baratineur ? Je me suis fait piéger par des mots simples et une attitude charmante. Il est rusé comme un renard, et je suis retombée dans une dépendance affective.

Je lui fais part de mes doutes par écrit. J'envoie le texto pour le faire réagir un peu. Mais il ne répond pas. Il n'a pas plus envie d'être avec moi qu'avec une autre.

Cela réveille ma blessure d'abandon. Une vraie gamine ! Comment ai-je pu croire que cet homme était sincère ? Alors qu'il m'avait avoué le nombre incalculable de ses conquêtes ! C'est un grand baiseur, un collectionneur qui a le sang chaud.

J'espère de ses nouvelles comme une petite fille qui attend qu'on vienne la chercher pour aller au cinéma. J'ai envie de hurler ma déception.

Est-ce moi qui ai provoqué cette rupture en lui envoyant ce SMS ? Pourquoi lui avoir écrit tout mon bla-bla habituel lorsque je doute des sentiments de l'autre ? Je préférais rompre avant d'être quittée.

En essayant de me protéger, je me suis privée de lui. Nous aurions pu continuer à nous voir, à prendre du plaisir, à nous faire du bien. Mais le matin du départ, il avait joui comme un goujat : cela aurait dû me mettre la puce à l'oreille.

La voyante s'est trompée, Marc ne reviendra pas.

Deux ans se sont écoulés depuis notre rupture. Deux longues années durant lesquelles le chagrin a creusé des rides sur mon visage, où les longues nuits de solitude à crier en silence, où j'ai dû lutter pour retrouver l'estime de moi-même. Parfois, je ferme les yeux et Marc vient s'immiscer dans mes fantasmes, anéantissant tout espoir d'une nouvelle rencontre.

Marc m'a brisé le cœur, broyé les tripes, il a éteint mon soleil intérieur, saccagé mes fondations. Il a éveillé mon appétit de la vie, de la nourriture terrestre, de l'érotisme, de ses mains sur mes seins, de ses mains partout ; mais une partie de moi a été abîmée, souillée. Je ne sais plus par où chercher, je me sens amputée d'une partie précieuse de mon identité. Je continue à imaginer sa vie, son quotidien.

Marc se prépare pour une autre femme. Le rituel de préparation reste le même, à quelques détails près. Hier, Marc aura fait pénétrer la crème Biafine sur son visage, qu'il laissera posée toute la nuit comme un masque. Son réveil sonnera à 6 h 15, comme chaque matin. Il se lèvera du côté gauche du lit, ira directement dans la douche, urinera sous l'eau chaude puis videra une grosse quantité de savon liquide dans la paume de sa main gauche pour le répandre en massages circulaires sur son torse fourni. Dans le tumulte de l'eau bouillante, savonneuse, ses poils formeront des petits pinceaux d'aquarelliste japonais. Puis il frottera vivement toutes les parties de son corps et l'abondance de savon sur son sexe libérera une sensualité exaltante. Il attrapera le flacon de shampoing pour cheveux fin de marque anglaise afin d'optimiser l'éclat de sa chevelure. Puis il terminera ses ablutions par un jet d'eau froide afin de raffermir la chair et de réveiller ses phéromones donjuanesques.

À la manière d'un écolier de bonne famille, Marc prépare toujours ses vêtements la veille pour le lendemain. Il enfile son caleçon Ralph Lauren, ses chaussettes noires en fil d'Écosse. Debout, il déchire le plastique qui entoure sa chemise, blanche ou bleue, retire les aiguilles plantées çà et là. Puis il enfile le pantalon de costume posé sur le fauteuil Stark, s'assoit de nouveau pour mettre ses chaussures, bien avant d'enfiler sa chemise, toujours en dernier pour ne pas en froisser le tissu. Une fois habillé, il hésite sur le choix de la cravate, s'observe dans le miroir sur pied du couloir, opte finalement pour une bleue à rayures dont il ajuste le nœud avec précision.

Il enfile son veston après avoir avalé son verre de citron chaud et quelques compléments alimentaires. Parfois, lorsque le minutage le lui permet, il avale un bol de céréales avec du lait végétal. Au terme de sa longue journée de travail, il repassera chez lui avant de la retrouver. Il se douchera à nouveau, comme ce matin, commencera par la toison fournie de son torse, de son sexe et finira par une friction capillaire à la fleur d'oranger sous le jet d'eau froide. Il s'enveloppera dans l'éponge soyeuse de sa serviette qu'il laissera sécher sur le radiateur Acova. Devant son lavabo, approchant son visage pour surveiller l'arborescence de sa barbe, il taillera minutieusement quelques poils trop longs.

Il attrapera ensuite sa brosse à dents et y déposera une couche régulière de dentifrice à la menthe forte. Il agitera une brossette interdentaire GUM 1,1 mm, les lèvres relevées comme un berger allemand en plein effort. Il poursuivra sa préparation, ouvrira le tiroir supérieur du meuble-lavabo afin de prendre son huile pour le corps qu'il s'étalera sur la peau. Cette huile aux fragrances orientales me rendait folle. Il mettra tous les atouts de son côté pour séduire. Un jean, un t-shirt blanc près du corps avec un pull léger en soie et coton bleu à col cheminée. Une paire de Stan Smith. De sa penderie, il tirera une veste en daim bleu indigo qui mettra ses yeux bleus en valeur.

Marc est prêt. L'air satisfait, il arbore un sourire carnassier, laissant apparaître une dentition parfaitement alignée, d'une blancheur éclatante.

Notre histoire d'amour reste présente à jamais dans ce que je suis devenue. J'ai aimé Marc, mon homme passion, je l'ai adoré mais je suis K.-O., *knocked out*, comme disent les Anglo-Saxons. Je suis morte, un peu, souvent... morte de lui. Un regard assassin un jour, une main crispée, quelques mots, quelques phrases jetées à la figure de la poupée de porcelaine que j'étais – dont on se débarrasse avant qu'elle ne se casse, tant elle est fissurée.

Lors de notre rencontre, il y a dix ans, j'étais belle, radieuse, joyeuse. Aujourd'hui, j'ai perdu l'ovale de mon visage, ma peau est distendue, mes cheveux brillent moins, je suis ménopausée, j'ai des bouffées de chaleur et ma libido diminue inéluctablement.

Pourtant, mon cœur vibre encore au souvenir si présent de notre amour lorsqu'est écrit son prénom au générique d'un film ou aux crédits d'un disque. Je lèche mes lèvres au goût sucré de sa salive. Personne ne se doute du chagrin qui m'étouffe et du voyage en enfer dans lequel je me suis laissée embarquer. La nuit, je lui souffle de revenir à moi, je boite au caillou de sa rive. Mais il a rompu les liens. Je me suis résignée et puise ma force dans l'énergie du désespoir. Je ne suis pas grande d'âme, je n'espère pas qu'il soit heureux sans moi, son bonheur m'indiffère.

Aujourd'hui, je ne saigne plus, je me sens vieille comme ces femmes dont j'écoutais, enfant, certains fragments de vie parmi les bribes de conversations volées aux adultes. L'air empathique sur le visage de ma mère suggérait les coulisses d'une tragédie. Moi qui rêvais de dormir dans un grand lit, j'étais témoin de la solitude de cette amie divorcée qui se réfugiait dans le lit à une place de son fils parti étudier à l'étranger. Elle préférait s'endormir seule près du mur, bordée comme une petite fille, plutôt que de subir la vacuité.

Il me faut dérouler une feuille blanche, chercher d'autres pigments, d'autres couleurs, mais comment retrouver le goût du bonheur devant la peur panique de l'immensité du blanc, et de tout ce qu'il y a à reconstruire ? Je ne suis pas Notre-Dame, avec ses architectes et ses artisans spécialisés. Et ni elle ni moi ne serons reconstruites à l'identique.

Je suis une femme de 52 ans, avec quelques implants dentaires, quelques cheveux blancs dans une chevelure blonde. Un peu d'arthrose, et des nausées après un verre d'alcool.

Le train est à l'heure, pour nos retrouvailles douces et tendres. Sur le quai, j'aperçois au loin Adrien et Louis tout sourire qui se frayent un passage entre les vacanciers. Ils sont beaux, mes garçons, radieux. Adrien a grandi d'un coup, il me dépasse. Je me demande toujours pourquoi les enfants grandissent autant pendant les vacances d'été. La vitamine D ? Le stress rangé avec les stylos au fond du cartable ? La liberté de dormir sans se soucier du réveille-matin ?

Je les serre comme si je ne les avais pas vus depuis des mois. Peut-être avais-je oublié de les regarder, trop éblouie par mon chagrin.

David est bronzé. On s'embrasse comme de vieux amis. Je suis contente de le voir, lui aussi. Louis me raconte que ce matin, avant de partir, il a sauté d'un rocher et que son genou gauche a beaucoup saigné. Effectivement, la plaie suinte encore un peu, je sors une lingette désinfectante de mon sac à main que j'applique sur son écorchure.

« Ne t'inquiète pas, mon chéri, ce n'est pas grand-chose… Ça risque de piquer un peu, et puis ça ira mieux… La plaie se refermera ! »

Jeanne me propose d'enregistrer une voix off pour un documentaire sur les tubes de l'été qu'elle a réalisé pour France 3. Ce n'est pas bien rémunéré mais ça n'a pas d'importance, je n'ai pas travaillé depuis longtemps, c'est bon de remonter en selle.

« Le studio se trouve dans le 18e, je ne pourrai pas être là mais tu verras, Pierre est très gentil… »

J'enlève mon masque FFP2 avant de grimper l'escalier d'un immeuble haussmannien. Au sixième, un homme d'une cinquantaine d'années m'accueille. Pierre me propose un thé puis m'installe dans la cabine d'enregistrement. Il règle la hauteur du micro. Le trac me saisit, ma respiration thoracique m'aide à récupérer un souffle tranquille et apaisé. Installée dans un fauteuil en cuir confortable, je prends conscience de l'espace exigu de la cabine, une espèce de cocon qui me plaît. Je pose le casque sur mes oreilles, découvre quelques pages du texte que je lis une première fois. Le timbre placé, la diction travaillée, je me laisse porter par ma propre voix.

Après de longues heures d'enregistrement, fatiguée mais heureuse, je décide de rentrer à pied, narines au vent, plutôt que masquée en métro. Devant la porte de chez moi, je ne trouve plus mes clefs. Après un petit tour sur moi-même et quelques pas sur le trottoir, rien… Je les ai sûrement oubliées au studio.

Quarante-cinq minutes plus tard, me voici de retour chez Pierre. L'éclat des spots sur la moquette de la cabine d'enregistrement rend les clefs bien visibles.

Il me propose de partager un plat de pâtes. Nous discutons tous les deux comme si nous étions d'anciennes connaissances ou d'anciens complices. Il me pose des questions sur moi, sur mon chemin parcouru. Il se raconte lui aussi en quelques phrases. Je termine cette journée éblouie par la lumière du soleil couchant sur les toits de Paris, et par cette amitié éclose au hasard du gué. Nous nous disons au revoir une deuxième fois.

Les affaires ont un peu repris depuis le Covid, Pierre cherche une voix pour un « livre lu ». Nous prenons date. Son regard franc et généreux fait trembler et se métamorphoser une à une les chrysalides collées à mon plexus solaire. Ces petites bêtes ailées commencent à faire beaucoup de bruit et ce bourdonnement me procure des sensations que je connais bien.

Je ne suis pas prête à vivre une nouvelle histoire d'amour. Marc m'a dépossédée de ma vérité intérieure, de ma lumière, de ma foi, m'abandonnant à la périphérie du monde et de la vie. J'ai besoin de cette liberté, de ce repos, de ce point mort pour revenir à une version restaurée de moi-même.

Je retourne chez Pierre la semaine suivante pour commencer l'enregistrement du livre lu. Les bises ne sont toujours pas d'actualité, crise sanitaire oblige. Nous nous disons bonjour de loin mais nous ne portons plus de masque. La séance demande une grande concentration. Alors les moments de pause sont attendus. Pierre est un être spirituel, débordant d'humour. Un homme d'esprit, sensible et plein d'empathie. Je ris beaucoup, lui aussi. Finalement, les journées passent vite sans qu'on en prenne conscience, le soir arrive trop tôt, les nuits sont trop longues jusqu'aux retrouvailles du lendemain. Et puis un soir, je reste.

Il pleut
Sur les jardins alanguis
Sur les roses de la nuit
Il pleut des larmes de pluie

Il pleut
Et j'entends le clapotis
Du bassin qui se remplit
Oh mon Dieu, que c'est joli
La pluie

Quand Pierre rentrera
Bien, il faut que je lui dise
Que le toit de la remise
A fui
Il faut qu'il rentre du bois
Car il commence à faire froid
Ici

Pierre
Mon Pierre

Sur la campagne endormie
Le silence et puis un cri
Ce n'est rien, un oiseau de nuit
Qui fuit
Que c'est beau cette pénombre
Le ciel, le feu et l'ombre
Qui se glisse jusqu'à moi
Sans bruit

Une odeur de foin coupé
Monte de la terre mouillée
Une auto descend l'allée
C'est lui

Oh Pierre

« Tu es une fleur qui refleurit tous les matins. »

Son regard, ses mots, ses silences sont les embruns qui me ramènent à la douceur de vivre. Le calme après la tempête. Je me relève doucement, déstabilisée, perdue dans l'étendue de sa gentillesse, je récupère les couleurs de mon ciel et ré-ouvre les yeux face à un homme infiniment bon. La mise en valeur supplante la mise en abîme. Sa confiance vibre comme un ressort qui m'incite à vivre pleinement le moment présent. Il m'insuffle le courage d'être deux.

Pierre habite près du Sacré-Cœur ; le sien, défaillant, a failli le lâcher à plusieurs reprises. Pierre est un survivant qui fait le choix du bonheur. Il sait la force et la volonté nécessaire à cette quête. Mais lorsque son cœur bat contre le mien, nos pulsations font valser toutes nos appréhensions. J'aime le contact de sa peau, sa chaleur, sa tendresse, son ardeur aussi. Je me réfugie sous ses caresses, sa poésie et son intelligence. Et puis il y a la musique... Bill Evans, Weather Report, Sarah Vaughan, Melody Gardot, Frank Sinatra, « In the Wee Small Hours of the Morning » et la version de Sting que nous fredonnons ensemble, une nuit... Passionnés de jazz, nous nous déclarons l'un à l'autre dans la pensée harmonique d'une nouvelle partition, celle que nous déchiffrons chaque jour, pas à pas, au rythme langoureux et improvisé d'un amour à notre portée.

« Le lever du soleil sur les toits, la beauté d'un mot, d'un geste, d'un sourire… La vie, c'est maintenant, tu sais », aime-t-il à me répéter.

Le lit, notre océan de tendresse avec ses changements de cap, ses vagues de plaisir qui s'échouent sur le sable de notre plage privée, siège dans la chambre comme une forteresse. À travers le Velux, l'éclat de la lune dessine le contour de ses épaules robustes. Alanguie, j'observe le volume des muscles idéalement proportionnés. Je lèche le sel de son derme pour sa saveur minérale. Ses doigts parcourent des kilomètres sur ma peau, Pierre effleure des heures durant chaque millimètre de mon corps, de la tête aux pieds. Nous avançons dans la nuit, enlacés l'un à l'autre comme dans *L'Étreinte* de Klimt. La sensualité de sa voix me berce et me proclame reine d'un pays que nous conquérons ensemble. Au petit matin, la chaleur sucrée de son corps, mes cheveux emmêlés, l'arôme fruité de son haleine, la naissance de sa barbe sur ma toison, m'éveillent à une nouvelle vie.

« Tu es tellement belle, plus belle aujourd'hui qu'il y a trente ans… Tu es une citadelle avec des mâchicoulis, des meurtrières, des remparts. Moi, je suis le soldat avec son bouclier et sa petite épée qui se tient devant, qu'il entre ou pas… »

Hormis son métier d'ingénieur du son, Pierre est photographe. Il a le don de magnifier les autres. Il met en valeur, toujours. Il détient ce talent, cette grâce, cette douceur, cet œil non intrusif qui rassure. Il verse un peu de sa lumière dans la nature des choses, des visages, des lieux, des silences. Il cherche l'expression authentique, l'espace d'incertitude, la beauté sans fard. Il fait éclore le rire échappé d'une confidence heureuse, guette le battement de cils qui fera convoler les fruits du hasard.

Il me prend au réveil, la mine froissée avec les rêves à fleur de peau, debout dans la salle de bains devant l'indiscrétion d'un miroir reflétant une image que je ne reconnais plus. Pourtant, je continue de lui faire confiance, et joue avec son objectif. Je me laisse étreindre aussi comme ça. Je le devine, écoute ses battements de cœur donner la mesure de nos préliminaires.

Puis, assis devant l'ordinateur, Pierre me montre les images. Je ne comprends pas comment il saisit ce que je ne connais pas de moi. Il décèle, rattrape et capture ce qui est en train de disparaître. Il redonne vie à la courbe de mes seins, à la douceur de mon ventre attendri par le désir, à ma nuque délicatement duvetée, à mes lèvres dont on devine le murmure ondoyer jusqu'aux siennes.

« Tu es comme un piano de concert, beau quand on le regarde, et chantant quand on met les doigts dessus… et tes fesses… une conspiration céleste pour me rendre fou ! »

Pierre me redonne quelque chose que j'ai négligé, laissé dissoudre par fatalité. Une identité, une joie de vivre, un ancrage.

Au téléphone, Pierre semble effondré.

« On m'a volé mon sac photo avec mon R5 et tous mes objectifs… Et les cartes mémoire, aussi !

— Où es-tu ?

— Je viens de sortir d'une brasserie avenue des Ternes, suis assis par terre sur le trottoir…

— Qu'est-ce qui s'est passé ? »

Pierre revenait du stade de foot comme souvent, le samedi, lorsque son fils est titularisé pour le match. Puis il s'est attablé dans un restaurant afin de ne pas prendre ses médicaments le ventre vide. Il n'a pas enroulé l'anse du sac autour de son pied comme il en a l'habitude, il l'a simplement fait glisser sous la banquette.

« Il faut que tu fasses une déclaration au commissariat ! que tu portes plainte !

— Je vais le faire… mais ça ne servira à rien, tu sais… Le Canon R5 est très recherché… À l'heure qu'il est, il doit déjà être en partance pour le Maghreb ou les pays de l'Est… »

New York, la ville somnambule. Je n'y suis pas retournée depuis mes études. Pierre, heureusement, a pris les billets d'avion avec ses « Miles », car prévoir un voyage aux États-Unis à des tarifs raisonnables dix jours avant de partir est quasi impossible. Nous partirons avec son fils et mes garçons, qui ne sont au courant de rien. C'est une surprise, une vraie surprise ! Un plan concocté par des adultes pour des ados. Un projet qui peut-être les surprendra, leur redonnera sourire et joie de vivre ! Quelque chose qui éveillera leur désir de balades dans Central Park, Washington Square et, pourquoi pas, une pause dans un musée ? Oserons-nous les emmener au MOMA, au Guggenheim sans qu'ils traînent les pieds ?

Mon passeport est périmé. Je remplis un dossier en ligne, téléchargeant tous les papiers requis assez facilement. Mais le rendez-vous pour venir récupérer le document est programmé le jour même de notre retour à Paris ! Zut ! Pas de bol, les billets sont déjà pris et ils ne sont pas modifiables. Je sens une montée de sueurs froides, à deux doigts de faire une crise de tachycardie, quand me revient en mémoire que Jeanne connaît quelqu'un à la mairie.

Les astres sont alignés, le rendez-vous avec ma sauveuse est confirmé. Je raccroche soulagée, nous mettrons les gaz tous les cinq comme prévu. Nous attendrons la dernière minute pour annoncer aux enfants que nous prendrons le vol AF 006, le 27 avril, pour *the Big Apple* !

Lire le bonheur dans les yeux des enfants procure une sensation magique, c'est un conte de fées. Je leur répète que nous avons de la chance !

Je me souviens de l'été de mes 13 ans, lorsque ma mère et moi nous étions envolées pour cette ville mystérieuse afin que j'étudie le ballet au sein de l'école de Georges Balanchine. J'avais l'impression d'être miniaturisée, dans cette forêt métallique. La découverte de Manhattan se faisait à pied, car, selon ma mère, marcher entre les gratte-ciel était la meilleure façon de se repérer dans ce quadrillage parfaitement pensé afin de limiter les constructions anarchiques, et de réguler la circulation. À cette époque, Central Park ressemblait à un terrain vague et Times Square n'était fréquenté que par des dealers et des malfrats.

Nous avions arpenté des avenues interminables, vu des camions bombés comme des carrosses rouler fièrement sur la chaussée, entendu le son strident des sirènes des voitures de police résonner et se perdre au loin, écouté des chanteurs de blues, les avions regardés danser sur le macadam serrant dans leur poing un paquet de Marlboro rouge rempli de mégots cueillis sur le trottoir comme des pâquerettes en plein champ.

Maman s'était liée d'amitié avec Fiametta, rédactrice au *Harper's Bazaar* italien.

Un soir de novembre, nous l'avions rejointe au magazine avant d'aller dîner. Le directeur de publication, un vieil Italien croisé entre deux portes, avait demandé à ma mère si elle accepterait que je participe à un shooting mode avec Patrick Demarchelier.

La séance se déroula dans un loft industriel, un de ces immenses lieux qu'on n'imagine pas lorsqu'on est une petite Parisienne de 13 ans. Impressionnée par tous ces visages accueillants, passant de main en main, je m'étais laissé coiffer comme une poupée et avais découvert peu à peu mon minois de jeune fille transformé en masque de femme fatale. Julie Wolfe, le top model montant de 16 ans, et moi, avions patienté silencieusement. Après la pause déjeuner, un assistant s'était adressé à nous pour nous expliquer quelque chose qu'évidemment je n'avais pas compris. Me redressant, j'avais fait mine au contraire de tout comprendre, me rasseyant en souriant timidement dans le canapé blanc... Oui, tout le mobilier était blanc !

Le photographe s'était fait attendre encore une bonne partie de la journée, mais personne ne s'était plaint. Nous avions poireauté sans que cela entame la bonne humeur générale.

Il était 15 h 45 lorsqu'avait déboulé sur le plateau un grand type brun, barbu, aux sourcils épais. Toute l'équipe savait qu'une bonne photo dépendait du cadre, bien sûr, mais surtout de la lumière, et Patrick

Demarchelier attendait que celle du soleil couchant décline progressivement sur nos bouilles adolescentes. On nous demanda de nous asseoir à quelques mètres d'un pilier blanchi pour l'occasion. Le photographe nous avait figées dans l'éclat instantané d'un Polaroid.

« *You have a "triste look"... Don't be "triste"* », s'était gentiment adressé à moi Demarchelier, qui ne savait pas que j'étais française.

Ses boucles brunes me rappelaient celles de mon père. J'avais fini par me détendre un peu. La séance ne dura pas plus d'une heure. J'étais rentrée en taxi, fière comme une grande d'avoir gagné mes premiers dollars.

Ça y est, nous y sommes ! Nous avons traversé l'Atlantique ensemble ! *It's 10 a.m. local time !* Trop excités pour dormir dans l'avion, nous voyons à présent les signes de fatigue s'égrener sous nos pas comme les confettis qu'on retrouve au petit matin dans les poches d'un vêtement après une nuit festive. Il ne nous reste plus que la douane à passer avant d'arriver dans la Grosse Pomme ! L'accent new-yorkais très prononcé de la femme qui répartit les voyageurs dans différentes *lines* impressionne et réveille la curiosité des garçons qui ont l'impression de regarder un film américain en version originale pour la première fois.

« Tu comprends ce qu'elle dit, toi, maman ? me demande Adrien.

— Oui à peu près, j'ai vécu ici, n'oublie pas.

— Je ne trouve pas mon passeport ! me dit Pierre, l'air soucieux.

— C'est normal, j'ai tous les passeports, le *voucher* de l'hôtel, les dollars dans mon sac à main ! »

La route est embouteillée, le trajet est long, dans le taxi, les garçons trépignent d'impatience. Le son de la radio et le fond sonore des banlieues que nous traversons s'immiscent dans le brouhaha de nos esprits engourdis par le décalage horaire. Nous sommes déjà si loin du Vieux Continent.

À l'hôtel, les chambres ne sont pas prêtes. Nous descendons plusieurs blocs pour trouver le meilleur restaurant de burger, selon notre guide : Shake Shack. Les garçons dévorent leur *double cheese and fries* comme s'ils n'avaient rien mangé depuis trois jours.

Le long de l'avenue qui remonte à notre hôtel, je repense au film de Woody Allen et à cette réplique qui fait ma joie dans *Manhattan* :

« You think you're God !

— Well, I gotta model myself after someone ! »

Je souris et glisse ma main dans celle de Pierre, pose fugacement la tête sur son épaule, balance joyeusement son bras d'avant en arrière, ce bras protecteur qui, il y a quelques mois, m'a enveloppée. Je donne à Pierre un baiser, un long baiser de cinéma.

Nous continuons d'arpenter la ville vers Times Square.

« Maman, c'est quoi, cette odeur ? »

Ça sent le cannabis. À chaque coin de rue sont garées des camionnettes qui vendent de la marijuana sans THC – Weed World Trucks. L'odeur est si forte qu'elle en est écœurante.

Nous marchons durant des heures, foulons les trottoirs malgré la fatigue avec un sentiment excitant de liberté, sur cette île où le spectacle tantôt désolant, tantôt bling-bling, façonne des rêves qui explosent parfois, avant de retomber dans un fracas mélancolique.

Nous avons cinq jours pour déambuler. Le premier jour, nous optons pour le sud de la ville, et descendons jusqu'à Ground Zero. Nous nous approchons des bassins commémoratifs des attentats du 11 septembre.

C'est la période des « saints de glace », le vent du nord fourrage les chevelures, fouette les visages comme des griffes acérées. Nous devons lutter physiquement dans la bourrasque afin de maintenir notre verticalité jusqu'à la file d'attente du musée. Avant d'y accéder, les garçons sont tentés de gruger et de passer outre le labyrinthe de Rubalise, mais pas question de déroger aux règles, nous patientons une heure et demie. La foule se resserre, se réchauffe, se prépare à revivre, vingt ans après, l'un des événements les plus tragiques de l'histoire contemporaine.

Puis, entraînés par le flot de badauds curieux, spectateurs de l'horreur, nous avançons unis et choqués, réalisant l'inconvenance de cette visite.

Pierre tient ensuite à nous faire découvrir le meilleur restaurant italien de la ville, la Trattoria dell'Arte, une institution à deux pas de Colombus

Circle. Nous pénétrons dans cette brasserie avec l'impression de figurer dans un film de Scorsese. On nous place à l'étage. Il y a relativement peu de monde. Depuis le Covid, le personnel vient à manquer, il nous faut patienter longuement pour obtenir la carte des menus. Les enfants piquent du nez dans leur assiette. Quarante-cinq minutes plus tard, arrivent nos plats. Le serveur zélé nous assure, avec cet accent italo-américain digne d'un coaching à l'Actors Studio, que c'en est trop ! Qu'il va démissionner ! Que ce n'est pas respecter la clientèle que de faire attendre les gens comme ça ! Son double jeu nous fait sourire.

Les portions ne sont pas copieuses mais la nourriture est excellente. Nous repassons commande auprès de notre Al Pacino en livrée, et partageons une assiette de raviolis *alla bolognese* dont le fumet savoureux fait taire tout le monde.

Repus, nous rentrons à l'hôtel dormir enfin.

L'air est si doux, à Paris, il fait nuit, le ciel assombri laisse entrevoir, malgré la brillance des réverbères, le lustre embrasé d'étoiles qui batifolent au-dessus de nos têtes. Près du parc Monceau, Pierre et moi marchons main dans la main, avançons tranquillement sur le trottoir qui nous mène au restaurant. Je ferme les yeux, réceptive au moindre bruit, celui du crissement de pneus d'un cycliste, la voix d'un nouveau-né qui pleure, le fond sonore d'un téléviseur au rez-de-chaussée d'un immeuble à travers la vitre duquel je distingue les ailes métalliques d'un Tancarville déployées à l'image d'un avion Fokker stabilisé. Je me laisse porter, confiante, sans résistance face à l'inconnu des jours qui passent.

Les yeux de Pierre scintillent comme des diamants dans la pénombre de cette brasserie où nous fêtons les deux ans de notre rencontre. Il me sourit sans rien dire, il est heureux, je le sens. Il me prend la main, la garde tout contre ses lèvres, y dépose quelques baisers. Pierre a ce petit air impénétrable, tendre et mélancolique. Il finit par me dire deux mots qui résonnent comme dans un rêve, *Je t'aime,* ces deux mots qui ensemble prennent toute leur importance selon la façon dont on les dit, suivant le contexte – selon que l'on confond amour et désir, ou que l'on veuille expédier une discussion, ou encore exprimer un désir de possession, et ne donner que pour reprendre ; séduire l'autre, prêcher le faux pour savoir le vrai, avant de le mettre à terre.

Mais ce *Je t'aime*-là m'est donné comme quelque chose que Pierre ne reprendra jamais, un verbe qui sonne comme un véritable engagement. Assise sur la banquette en cuir, je reçois cet amour avec l'émoi d'une jeune fille. Je m'abandonne à la poésie du moment, cette bulle précieuse qui est la nôtre. Pierre a faim de moi, soif de nous, de la vie qui semble nous offrir un chemin à parcourir à deux, avec des projets qui nous ressemblent vraiment.

Il voudrait que je sois sa femme. Je rougis, l'émotion me submerge. Pierre m'a demandée en mariage, je ne rêve pas ! Je lui réponds que je l'aime aussi, qu'il est celui que j'espérais.

« Oui, marions-nous ! »

Nous envisageons une date. Je veux être cette femme heureuse et amoureuse.

« Au début de l'été… ou fin août… peut-être mi-juillet ?

— Je n'ai pas envie de me marier en petit comité. J'ai envie que mes amis les plus proches soient présents, que cette célébration soit partagée avec tous ceux qui comptent. »

Une bouffée de chaleur, et la nécessité absolue d'aller me rafraîchir aux toilettes, me contraint de laisser Pierre seul quelques instants.

Je quitte la table, traverse une salle bondée près d'un petit salon où quelques sièges sont disposés.

Soudain, mes neurones se figent, les battements de mon cœur s'accélèrent. Marc est ici, escorté d'une grande brune, jeune, mince, les cheveux courts, une beauté ordinaire dans une robe moulante au décolleté aussi profond qu'un fjord.

Je presse le pas jusqu'aux toilettes situées au milieu d'une galerie de miroirs semblable au labyrinthe de *La Dame de Shanghai*. Face au lavabo, je tente de faire redescendre l'adrénaline. La gorge complètement sèche, je baisse la tête pour boire au robinet, me passe de l'eau sur le front, sur les joues. Ma respiration finit par reprendre un rythme normal. Je replace une mèche de cheveux et je respire à nouveau. Je pousse la lourde porte et tombe nez à nez avec Marc, immobile dans sa panoplie de séducteur, costume foncé, chemise blanche et cravate à fines rayures élégamment ajustée – comme toujours.

Son reflet se démultiplie dans cette vallée de glaces à la lumière tamisée. Il me fixe, desserre la mâchoire, affiche le sourire rebelle de l'ange déchu. Il fait glisser sa main sur sa barbe, ce geste me vole un frisson. Mon pouls s'emballe. Il me jauge à la manière d'un prédateur, la panique m'envahit, je tremble des pieds à la tête, il se rapproche, je fuis son regard. Il n'est plus qu'à un mètre de moi, moi figée comme l'antilope face à sa destinée. Prise en étau entre ces miroirs, je cherche la ligne de fuite de cette perspective sans fin. Je frotte doucement la paume de mes mains sur mon jean, cherchant à éliminer un excès de transpiration apparu subitement.

Marc, dans l'encadrure de la porte, me sourit et me fixe de son regard de serpent prêt à bondir.

Merci à Nathalie Rheims d'avoir sorti de l'ombre la petite fille au cartable rouge.

Achevé d'imprimer en avril 2023 sur les presses
de la Nouvelle Imprimerie Laballery
58500 Clamecy
Dépôt légal : juin 2023
N° d'impression : 303852
Imprimé en France